O ENCONTRO

CB006257

RICHARD PAUL EVANS

O ENCONTRO

ALTA BOOKS
GRUPO EDITORIAL
Rio de Janeiro, 2023

O Encontro

Copyright © 2023 da Starlin Alta Editora e Consultoria Eireli.

ISBN: 978-65-5520-848-1

Translated from original The Walk. Copyright © 2010 by Richard Paul Evans. ISBN 9788581780085. This translation is published and sold by permission of Simon & Schuster, the owner of all rights to publish and sell the same. PORTUGUESE language edition published by Starlin Alta Editora e Consultoria Eireli, Copyright © 2023 by Starlin Alta Editora e Consultoria Eireli.

Impresso no Brasil — 1ª Edição, 2023 — Edição revisada conforme o Acordo Ortográfico da Língua Portuguesa de 2009.

Dados Internacionais de Catalogação na Publicação (CIP) de acordo com ISBD

E92e Evans, Richard Paul

O Encontro / Richard Paul Evans ; traduzido por Alice Klesck. - Rio de Janeiro : Alta Books, 2023.
256 p. ; 16cm x 23cm.

Tradução de: The Walk
ISBN: 978-65-5520-848-1

1. Literatura americana. 2. Romance. I. Klesck, Alice. II. Título.

2022-3301 CDD 813.5
CDU 821.111(73)-31

Elaborado por Vagner Rodolfo da Silva - CRB-8/9410

Índice para catálogo sistemático:
1. Literatura americana : Romance 813.5
2. Literatura americana : Romance 821.111(73)-31

Todos os direitos estão reservados e protegidos por Lei. Nenhuma parte deste livro, sem autorização prévia por escrito da editora, poderá ser reproduzida ou transmitida. A violação dos Direitos Autorais é crime estabelecido na Lei nº 9.610/98 e com punição de acordo com o artigo 184 do Código Penal.

A editora não se responsabiliza pelo conteúdo da obra, formulada exclusivamente pelo(s) autor(es).

Marcas Registradas: Todos os termos mencionados e reconhecidos como Marca Registrada e/ou Comercial são de responsabilidade de seus proprietários. A editora informa não estar associada a nenhum produto e/ou fornecedor apresentado no livro.

Erratas e arquivos de apoio: No site da editora relatamos, com a devida correção, qualquer erro encontrado em nossos livros, bem como disponibilizamos arquivos de apoio se aplicáveis à obra em questão.

Acesse o site **www.altabooks.com.br** e procure pelo título do livro desejado para ter acesso às erratas, aos arquivos de apoio e/ou a outros conteúdos aplicáveis à obra.

Suporte Técnico: A obra é comercializada na forma em que está, sem direito a suporte técnico ou orientação pessoal/exclusiva ao leitor.

A editora não se responsabiliza pela manutenção, atualização e idioma dos sites referidos pelos autores nesta obra.

Produção Editorial
Grupo Editorial Alta Books

Diretor Editorial
Anderson Vieira
anderson.vieira@altabooks.com.br

Editor
José Ruggeri
j.ruggeri@altabooks.com.br

Gerência Comercial
Claudio Lima
claudio@altabooks.com.br

Gerência Marketing
Andréa Guatiello
andrea@altabooks.com.br

Coordenação Comercial
Thiago Biaggi

Coordenação de Eventos
Viviane Paiva
comercial@altabooks.com.br

Coordenação ADM/Finc.
Solange Souza

Coordenação Logística
Waldir Rodrigues

Gestão de Pessoas
Jairo Araújo

Direitos Autorais
Raquel Porto
rights@altabooks.com.br

Produtoras da Obra
Illysabelle Trajano
Maria de Lourdes Borges

Produtores Editoriais
Paulo Gomes
Thales Silva
Thiê Alves

Equipe Comercial
Adenir Gomes
Ana Carolina Marinho
Ana Claudia Lima
Daiana Costa
Everson Sete
Kaique Luiz
Luana Santos
Maira Conceição
Natasha Sales

Equipe Editorial
Ana Clara Tambasco
Andreza Moraes
Arthur Candreva
Beatriz de Assis
Beatriz Frohe
Betânia Santos
Brenda Rodrigues
Caroline David
Erick Brandão
Elton Manhães
Fernanda Teixeira
Gabriela Paiva
Henrique Waldez
Karolayne Alves
Kelry Oliveira
Lorrahn Candido
Luana Maura
Marcelli Ferreira
Mariana Portugal
Matheus Mello
Milena Soares
Patricia Silvestre
Viviane Corrêa
Yasmin Sayonara

Marketing Editorial
Amanda Mucci
Guilherme Nunes
Livia Carvalho
Pedro Guimarães
Thiago Brito

Atuaram na edição desta obra:

Tradução
Alice Klesck

Revisão Gramatical
Carol Oliveira

Diagramação
Rita Motta

Capa
Rita Motta

Editora **afiliada à:** ABDR Associação Brasileira de Direitos Reprográficos — ASSOCIADO CBL Câmara Brasileira do Livro

ALTA BOOKS GRUPO EDITORIAL

Rua Viúva Cláudio, 291 — Bairro Industrial do Jacaré
CEP: 20.970-031 — Rio de Janeiro (RJ)
Tels.: (21) 3278-8069 / 3278-8419
www.altabooks.com.br — altabooks@altabooks.com.br
Ouvidoria: ouvidoria@altabooks.com.br

AGRADECIMENTOS

Inicialmente gostaria de agradecer ao meu amigo Leo Thomas Gandley (Tom), que viveu este livro mais do que qualquer outra pessoa. Sei que foi difícil compartilhar a perda de sua "McKale" e fico grato por sua contribuição.

Também agradeço a Karen Christoffersen e seu amado Al. Que seu nome permaneça vivo através desses livros.

Quero agradecer aos amigos habituais, com algumas mudanças na lista. Primeiramente, ao meu amigo e antigo editor Sydney Miner. Foi um prazer trabalhar com você por mais de uma década. Eu lhe desejo tudo de bom. Amanda, eu espero caminhar com você. Obrigado por toda a sua ajuda.

A David Rosenthal e Carolyn Reidy, por acreditarem na ideia para esta série.

A Gypsy da Silva, por suportar, sorrindo, as programações impossíveis. Liss, por ser minha defensora e amiga. Eu te amo.

Ao doutor Brent Mabey e Caitlin James, pela assistência na pesquisa. À equipe maravilhosa, em Redmond, Washington, Marriott, que nos colocou no caminho certo.

A Lisa Johnson, Barry Evans, Miche Barbosa, Diane Glad, Heather McVey, Judy Schiffman, Fran Platt, Lisa Mcdonald, Sherri Engar, Doug Smith e Barbara Thompson.

À minha família: Keri, Jenna e David Welch, Allyson Danica, Abigail, MacKenna e Michael. Jenna, mais uma vez, obrigado por sua ajuda, amor e perspicácia. Agora trate de terminar seu próprio livro!

E, é claro, a meus queridos leitores. Bem-vindos à minha caminhada.

—Richard

Para meu pai, David O. Evans

PRÓLOGO

Prezado Alan,
Enquanto você escreve a história de sua caminhada, eu lhe ofereço um conselho de um de seus autores prediletos, Lewis Carroll: "Comece pelo começo, siga até chegar ao fim e então pare".

✧ Diário de Alan Christoffersen ✧

Meu nome é Alan Christoffersen. Você não me conhece. "Apenas mais um livro na biblioteca", meu pai diria. "Não aberto e não lido." Você não faz ideia da distância que percorri e tudo o que perdi. Mais importante, você não faz ideia do que encontrei.

Não sou importante, nem famoso. Não importa. É melhor ser amado por uma pessoa que conhece sua alma do que por milhões que nem têm o número de seu telefone. Eu amei e fui amado com a profundidade que um homem pode esperar, o que me torna uma pessoa de sorte. Isso também significa que sofri. A vida me ensinou que para voar você precisa primeiro aceitar a possibilidade de cair.

Não sei se alguém algum dia lerá o que estou escrevendo. Porém, se você está segurando este livro, então encontrou minha história. Você é um dos meus companheiros de jornada. Se encontrar algo em minha jornada que ajude a sua, guarde. Algumas pessoas poderão chamar isso de história de amor. Outras, sem amor, poderão chamar de um relato de viagem. Para mim, é a jornada de um homem em busca da esperança. Há coisas que me aconteceram que você talvez não acredite. Algumas lições aprendidas para as quais você talvez não esteja pronto. Não importa. Aceite ou descarte o que quiser. Mas deixe-me oferecer um alerta antecipadamente — que é mais do que eu recebi — que o que você vai ler não será fácil. Mas é uma história digna de ser contada. É a história da minha caminhada.

CAPÍTULO
Um

"Acima de tudo, não perca seu desejo de caminhar.
Não conheço nenhum pensamento
ou fardo pesado do qual não se possa
sair andando." — Kierkegaard

Diário de Alan Christoffersen

Reza a lenda que, uma vez que a areia de Key West penetre em seus sapatos, você não pode voltar para o lugar de onde veio. Para mim, é verdade. Estou sozinho na praia, observando o sol vermelho-sangue no golfo do México. E não há volta para o que deixei para trás.

O ar está impregnado com os aromas de água salgada e maresia, com o som das ondas quebrando e das gaivotas grasnando. Uma parte de mim se pergunta se isso pode ser um sonho e espera que eu acorde e descubra que ainda estou em Seattle e McKale está suavemente passando as unhas em minhas costas. Ela sussurraria: "Você está acordado, meu amor?". Eu viraria para ela e diria: "Você não vai acreditar no que sonhei".

Mas não é sonho. Caminhei por toda a extensão deste país. E a mulher que eu amo jamais voltará.

✦

A água à minha frente é límpida e azul. Sinto a brisa crepuscular em meu rosto não barbeado, queimado de sol e fecho os olhos. Caminhei um longo trajeto para chegar aqui — mais de 5.500 quilômetros. Mas, de certa maneira, cheguei bem mais longe. Nem sempre as jornadas podem ser medidas pela distância física.

Tiro a mochila dos ombros e me sento na areia para desamarrar as botas. Conforme puxo as meias, o algodão puído, antes branco e agora cinza, está grudado à pele dos meus pés. Então, dou um passo à frente, na areia pontilhada de conchas, e espero que a onda volte e cubra meus pés. Tive centenas de horas para pensar nesse momento e deixo tudo me varrer: o vento, a água, passado e presente, o mundo que deixei para trás, pessoas e cidades ao longo do caminho. É difícil acreditar que finalmente estou aqui.

Depois de alguns minutos, volto e me sento de novo na areia, de pernas cruzadas, ao lado da minha mochila, e faço o que sempre faço em momentos cruciais da minha vida: pego uma caneta, abro meu diário e começo a escrever.

O hábito de escrever começou há muito tempo — muito antes desse diário, bem antes dessa caminhada. No Natal em que eu tinha oito anos, minha mãe me deu meu primeiro diário. Era um livrinho com capa de vinil amarelo, com arabescos. O que eu mais gostava era da pequena chave e do fecho de bronze. Fazia com que eu sentisse a importância de ter algo em minha vida que precisasse ser guardado do mundo. Naquela noite de Natal, foi a primeira vez em que escrevi num diário. Como tinha cadeado e chave, calculei que só eu poderia lê-lo, portanto escrevi o primeiro registro para mim mesmo, hábito que passei a cultivar para toda a vida.

Prezado Alan,

Hoje é Natal. Ganhei robôs Rock 'Em Sock 'Em, um conjunto de walkie talkies e um doce em formato de peixinho vermelho que já comi. Minha mãe me deu este diário e disse que eu devo escrever todos os dias. Pedi que ela escrevesse na primeira página.

Meu querido filho,

Obrigada por me deixar escrever em seu livro especial. E Feliz Natal! Esse é um Natal muito especial. Algum dia você entenderá isso. De vez em quando, leia essas palavras e lembre-se do quanto eu te amo e sempre amarei.

Mamãe

Minha mãe diz que não importa o que eu escreva, pois, se eu esperar para escrever somente coisas importantes, provavelmente nunca escreverei nada porque coisas importantes se parecem com todas as outras coisas, exceto quando você olha para trás para vê-las. O negócio é escrever o que você estiver pensando e sentindo. Minha mãe parecia bem hoje. Acho que logo ela estará melhor.

Eu escrevia com tanta frequência que a letra era quase ilegível. O registro da minha mãe foi um desses acontecimentos que ela mencionou, algo que não parece nada, exceto quando olho pelo retrovisor do tempo. Minha mãe morreu de câncer de mama, 49 dias depois que me deu o diário — no Dia de São Valentim, Dia dos Namorados.

Era bem cedo, antes do horário que eu costumava acordar para ir ao colégio, e meu pai me levou até seu quarto para vê-la. Na mesinha de cabeceira, ao lado da cama, havia uma única rosa amarela, num vaso solitário, e meu cartão feito à mão, com o desenho de um coração espetado por uma flecha. Seu corpo estava ali, mas ela não. Se estivesse, sorriria para mim e me chamaria. Teria elogiado meu desenho. Eu sabia que ela não estava ali.

Seguindo o jeito tipicamente impassível do meu pai, nunca falamos sobre sua morte. Nunca falávamos sobre sentimentos e as coisas que os originavam. Naquela manhã, ele fez o café e pusemos a mesa, ouvindo o silêncio. As pessoas da funerária vieram e partiram, e meu pai cuidou de tudo com a firmeza de uma transação de negócios. Não estou dizendo que ele não ligou. Ele simplesmente não sabia demonstrar seus sentimentos. Meu pai era assim. Nunca o beijei, nem uma única vez sequer. Ele simplesmente era assim.

A razão para começarmos as coisas raramente é a mesma para que continuemos.

Diário de Alan Christoffersen

Comecei a escrever em meu diário porque minha mãe me disse para fazê-lo. Depois da sua morte, continuei porque parar seria romper uma corrente que me ligava a ela. E, aos poucos, até isso mudou. Na época, não percebi, mas a razão para que eu escrevesse estava sempre mudando. Conforme fiquei mais velho, eu escrevia como prova da minha existência. Escrevo, logo existo.

Eu existo. Em cada um de nós há algo, de bom ou de ruim, que quer que o mundo saiba que existimos. Essa é minha história — meu testemunho de mim mesmo e a maior jornada da minha vida. Ela começou quando eu menos esperava. Numa época em que eu achava que nada poderia dar errado.

CAPÍTULO
Dois

O Jardim do Éden é um arquétipo para todos
que perderam, ou seja, toda a humanidade.
Ter é perder, como viver é morrer.
Ainda assim, eu invejo Adão. Embora tenha
perdido o Éden, ele ainda tinha sua Eva.

✦ Diário de Alan Christoffersen ✦

Antes que meu mundo desabasse, eu era um executivo de propaganda em Seattle, embora tenha de admitir que o título seja ligeiramente pretensioso para alguém que decora seu escritório com pôsteres do Aquaman e do Einstein. Eu era um cara de propaganda. Você poderia me perguntar o que me levou a seguir essa carreira, mas eu realmente não saberia dizer. É apenas algo que sempre quis fazer. Talvez seja porque eu quisesse ser o Darrin, da *Feiticeira*. (Eu tinha uma queda pela Elizabeth Montgomer quando criança.) Em 1988, me formei na faculdade como designer gráfico e arranjei um emprego, antes mesmo de secar a tinta do meu diploma.

Prosperei no mundo da publicidade e me deleitei com a vida de um jovem astro em ascensão. Do tipo prodígio. Ganhei dois prêmios Addy no primeiro ano e quatro no ano seguinte. Então, depois de passar três anos enriquecendo meus chefes, eu segui o caminho preferido das agências de propaganda, escritórios de advocacia e religião organizada e parti para formar minha própria empresa. Eu tinha apenas 28 anos quando pregaram o nome da minha agência em letras de vinil na porta do meu escritório.

MADGIG
Propaganda e design gráfico

A empresa cresceu de dois empregados para uma dúzia em apenas nove semanas e eu estava fazendo mais dinheiro do que cambistas vendendo ingressos da Barbra Streisand. Um dos meus clientes me proclamou como garoto propaganda do sonho americano. Depois de dois anos, eu tinha toda a parafernália que o sucesso material poderia proporcionar: meu próprio negócio, um carro Lexus esportivo coupé, férias na Europa e uma casa linda, de quase dois milhões de dólares, em Bridle Trails — um bairro exclusivo e arborizado, ao norte de Bellevue, com um parque para cavalos e trilhas de montaria em vez de calçadas.

E, para completar esse quadro de sucesso, tinha uma esposa que adorava — uma beldade morena chamada McKale. Clientes potenciais me perguntavam se eu poderia vender seus produtos e eu mostrava a foto de McKale e dizia: "Eu fiz com que ela se casasse comigo", e eles assentiam, perplexos, e me entregavam o negócio.

McKale era o amor da minha vida e, literalmente, a garota da porta ao lado. Eu a conheci quando tinha acabado de fazer nove anos, uns quatro meses depois que minha mãe morreu e meu pai se mudou do Colorado para Arcádia, na Califórnia.

Era o final do verão e McKale estava sentada sozinha, no quintal da frente, numa mesinha desmontável, vendendo suco Kool-Aid — mistura de suco em pó — em uma jarra de vidro. Ela vestia uma saia rosa curta, acima do joelho, e botas de caubói. Eu perguntei se podia ajudar e ela disse que não.

Subi correndo até meu quarto e desenhei um pôster de aviso dizendo:

Kold Kool-Aid
Apenas 10 centavos

(Achei que o K em Kold foi um belo toque.) Voltei e apresentei minha criação. Ela gostou da minha placa o suficiente para me deixar sentar a seu lado. Acho que realmente foi por isso que entrei no ramo da propaganda: para ganhar a garota. Nós conversamos e usamos copinhos descartáveis para beber seu elixir de cereja negra, pelo qual ela me fez pagar. Ela era linda. Tinha feições perfeitas: cabelos castanhos cor de café, sardas e olhos cor de calda de chocolate, que nem mesmo um cara de propaganda poderia promover excessivamente. Naquele verão, nós acabamos passando muito tempo juntos. Na verdade, todos os verões a partir dali.

Como eu, McKale não tinha irmãos. Ela também tinha passado por maus momentos. Seus pais haviam se divorciado uns dois meses antes de se mudaram para lá. Conforme a história que ela me contou não foi um divórcio habitual, mas precedido por muita gritaria e quebra-quebra. Sua mãe simplesmente partiu, deixando-a sozinha com seu pai, Sam. McKale estava sempre tentando entender o que teria dado errado, às vezes ela parava, como um computador travado, como quando você fica olhando a ampulheta girando, esperando que algo aconteça. É uma pena que humanos não venham com botões de reiniciar.

Nossos pedaços partidos se encaixavam. Nós compartilhávamos nossos segredos mais profundos, inseguranças, medos e, às vezes, nossos corações. Quando tinha dez anos, comecei a chamá-la de Mickey. Ela pareceu gostar. Foi no mesmo ano em que construímos uma casa na árvore, no quintal dos fundos da casa dela. Passávamos bastante tempo ali. Brincávamos de jogos de tabuleiros e até dormíamos de vez em quando. Quando ela fez onze anos, eu a encontrei sentada num canto, chorando histericamente. Quando conseguiu falar, ela disse:

— Como ela pôde me abandonar? Como pode uma mãe simplesmente fazer isso? — Ela limpou os olhos, zangada.

Eu não soube responder. Eu me perguntava a mesma coisa.

— Você tem sorte porque sua mãe morreu — disse ela.

Eu não gostei disso. — Tenho sorte por que minha mãe morreu?

Entre os soluços, ela explicou:

— Sua mãe teria ficado, se pudesse. Minha mãe escolheu me deixar. Ela ainda está por aí, em algum lugar. Gostaria que, em vez disso, ela tivesse morrido.

Eu me sentei a seu lado e a abracei. — Eu nunca vou te deixar.

Ela pousou a cabeça em meu ombro e disse: — Eu sei.

McKale foi meu guia para o mundo feminino. Uma vez, ela quis beijar, só para ver o que tinha de mais. Nós nos beijamos por uns cinco minutos. Eu gostei. Muito. Não tenho certeza se ela gostou, porque nunca mais pediu para fazer de novo, então não fizemos.

Conosco era assim. Se McKale não gostasse de alguma coisa, nós não fazíamos. Nunca consegui descobrir por que só ela fazia as regras, mas sempre as segui. Acabei concluindo que as coisas eram assim.

Ela era muito franca quanto a crescer sendo menina. Às vezes, eu lhe perguntava coisas e ela dizia: — Eu não sei. Isso também é novidade para mim.

Quando ela tinha treze anos, perguntei por que ela não tinha amigas.

Ela respondeu, como se tivesse pensado muito a respeito.

— Não gosto de meninas.

— Por quê?

— Não confio nelas. — Depois, acrescentou. — Gosto de cavalos.

McKale ia andar a cavalo quase toda semana. Ela sempre me convidada para ir, mas eu sempre dizia que estava ocupado. A verdade é que eu ficava aterrorizado com os cavalos. Uma vez, quando eu tinha sete anos, meu pai, minha mãe e eu fomos a um rancho em Wyoming, chamado Juanita Hot Springs, nas férias de verão. No segundo dia, nós fomos andar a cavalo. Meu cavalo era um malhado chamado Cherokee. Eu nunca tinha montado, ficava agarrado à cela de couro com uma das mãos e segurava as rédeas com a outra, odiando cada minuto. Durante a montaria, alguns dos caubóis decidiram correr e meu cavalo resolveu ir com eles. Quando ele disparou, soltei as rédeas e fiquei segurando a saliência da cela, gritando por socorro. Felizmente, um dos caubóis voltou para me salvar, embora não conseguisse esconder seu desprezo pelo meu jeito de "menino urbano". Tudo que ele disse foi: "Eu monto desde que tinha três anos". Não era de surpreender que eu nunca tivesse compartilhado o amor de McKale pelos cavalos.

✦

Fora os cavalos, nós estávamos quase sempre juntos, desde o ensino fundamental, passando por idades esquisitas, incluindo os anos de ensino médio. Aos quinze anos, McKale amadureceu fisicamente, e os meninos começaram a cercá-la como abelhas no mel. É claro que também notei essa mudança e aquilo me deixou maluco. Geralmente não se tem esse tipo de sentimento pela melhor amiga.

Eu ficava roxo de inveja. Não tinha chance contra aqueles caras. Eles tinham músculos. Eu tinha acne. Eles tinham carros potentes, eu, passe de ônibus. Eu era notoriamente um bolha.

O pai de McKale foi bastante liberal na sua criação, e, quando ele deixou que ela namorasse, no começo do segundo grau, ela mal conseguia acompanhar sua própria agenda social. Depois de seus encontros românticos, ela vinha até minha casa comentar, o que era como descrever um banquete para um homem faminto. Eu me lembro que depois de uma saída ela perguntou:
— Por que os homens querem ter posse sobre as mulheres?

Eu sacudi a cabeça. — Eu não sei — respondi, quando queria tê-la mais que qualquer coisa no mundo.

A situação dela com os meninos era como um jogo de beisebol: alguém sempre estava pronto para rebater a bola, na primeira base, e algumas dúzias de caras aguardando no banco, todo mundo querendo marcar um ponto com minha melhor amiga. Eu me sentia mais como um vendedor ambulante de cachorro-quente, na arquibancada, do que como um jogador.

Às vezes, ela me pedia conselhos sobre um cara em particular, e eu lhe dava uma resposta que claramente servia para mim, e ela só me olhava com uma expressão engraçada. Eu ficava infeliz. Uma vez, ela me disse que, como eu era seu melhor amigo, quando ela se casasse eu teria de ser a madrinha da noiva, o que significava que eu teria que raspar as pernas e usar chiffon. Não sei se ela estava me torturando propositadamente ou se aquilo era espontâneo.

Aos dezesseis anos, as coisas mudaram. Eu dei uma espichada e subitamente o sexo oposto passou a se interessar por mim. Isso teve um efeito interessante em McKale. Embora ela se deleitasse em compartilhar os detalhes de seus encontros, nunca queria ouvir sobre os meus. Ela iniciou uma política de "não pergunte e não conte". Eu me lembro de uma tarde de outono, quando duas garotas vieram me ver, enquanto McKale e eu estávamos conversando na varanda da frente da casa dela. Elas chegaram e se sentaram conosco. Uma delas tinha uma queda por mim, e ambas estavam pegando pesado na paquera. McKale entrou em casa como uma bala e bateu a porta.

— Qual é o problema dela? — uma das garotas perguntou.

— Ciúme — disse a outra. Eu me lembro de ter sentido uma ponta de esperança.

No entanto, se ela tinha sentimentos românticos com relação a mim, os escondia muito bem e, na maior parte do tempo, eu sofria em silêncio. E por um bom motivo. McKale era minha melhor amiga e não há meio melhor de arruinar uma amizade do que declarar seu amor a alguém e não ser recíproco. Felizmente, nunca tive de fazê-lo.

Num dia quente de junho — era meu aniversário de dezessete anos —, nós estávamos na rede no quintal dos fundos da casa dela, deitados em lados opostos, seus pezinhos miúdos ao lado do meu ombro. Nós balançávamos devagarzinho, para lá e para cá, discutindo sobre onde os Beatles estariam se não fosse por Yoko, quando ela subitamente disse:

— Você sabe que *nós vamos* nos casar algum dia.

Não sei de onde veio essa novidade. Só me lembro que um sorriso incrivelmente grande surgiu no meu rosto. Tentei agir com tranquilidade. — Você acha?

— Eu sei.

— Como você sabe?

— Porque você é tão loucamente apaixonado por mim, que nem consegue disfarçar.

Pareceu não fazer sentido negar. — Você notou?

— Aham — disse ela, de forma casual. — Todo mundo nota. Até o carteiro notou.

Eu me senti um imbecil.

A voz dela se abrandou. — E o negócio é que... eu sinto a mesma coisa por você.

Ela girou as pernas para o lado e se sentou, chegando o rosto bem perto do meu. Eu a olhei e ela estava me fitando com os olhos úmidos.

— Você sabe que eu te amo, não sabe? Eu nunca poderia viver sem você.

Provavelmente me senti como um ganhador da loteria quando anunciam seus números premiados. Naquele momento, uma amizade de sete anos desapareceu e se transformou em outra coisa. Nós nos beijamos e dessa vez pude sentir que ela gostou. Esse seria o segundo melhor dia da minha vida. Nosso casamento foi o primeiro.

✦

Tem um problema com o fato de se casar. Há sempre a preocupação de que um dia a pessoa verá como você realmente é e irá embora. Ou, pior, alguém melhor vai aparecer e levá-la. No meu caso não foi alguém. E não foi algo melhor.

CAPÍTULO

Três

A apropriação do tempo é uma das maiores tolices do ser humano. Dizemos a nós mesmos que sempre há um amanhã, quando podemos prever o amanhã tanto quanto podemos prever o clima. A procrastinação é o ladrão dos sonhos.

Diário de Alan Christoffersen

McKale e eu nos casamos jovens, embora não parecesse naquela época. Provavelmente porque eu sentia que tinha esperado a minha vida toda para fazer aquilo. Compramos um apartamento em Pasadena, a apenas cerca de cinco quilômetros de onde crescemos. McKale conseguiu uma vaga como secretária de um pequeno escritório de advocacia e fui estudar no Art Center College of Design, a apenas uma viagem de ônibus da nossa casa.

Época boa. Tínhamos nossas discussões, mas que nunca chegavam a durar — todos os casamentos exigem ajustes. Como é que você pode magoar uma pessoa a quem ama mais do que a si mesmo? É como dar um soco na própria cabeça. Eu me tornei bom em me desculpar, embora ela geralmente me vencesse nisso. Às vezes, eu desconfiava que nós só brigávamos para nos divertir fazendo as pazes.

O assunto que mais discutíamos era quanto a ter filhos. McKale queria começar logo uma família. Eu era contra a ideia e como a logística e as finanças pareciam estar do meu lado, esse era um argumento que me favorecia.

— Ao menos, até eu terminar de estudar — eu dizia.

Assim que me formei na faculdade, arranjei meu primeiro emprego fixo e McKale tocou no assunto outra vez, mas, novamente, disse a ela que não estava pronto. Eu queria esperar até que a vida estivesse mais segura. Que tolo eu fui.

✦

Eu trabalhei na Conan Cross Advertising por uns três anos antes de decidir abrir meu negócio, em outubro de 2005. Naquela mesma semana, comecei a fazer uma campanha de outdoors para me promover. O painel dizia o seguinte:

AL CHRISTOFFERSEN É UM HOMEM LOUCO

O outdoor gerou uma ligeira comoção local e até recebi uma ligação de um advogado ameaçando me processar, em nome de seu cliente, com quem eu compartilhava o mesmo nome. Depois de três semanas, fiz algumas mudanças no cartaz. E ele passou a ser:

AL CHRISTOFFERSEN É UM HOMEM DE PROPAGANDA
(Ligue para obter consultoria promocional)

A campanha me rendeu outro Addy e trouxe três grandes clientes. Se eu achava que era explorado por meu empregador, não tinha ideia do que era trabalhar por conta própria. Passava o dia todo prospectando e tendo reuniões com clientes, e a maior parte das noites produzindo o trabalho. Várias vezes por semana McKale levava o jantar ao escritório. Nós nos sentávamos no chão da minha sala, comíamos comida chinesa e ficávamos sabendo como havia sido o dia um do outro.

À medida que minha agência cresceu, ficou claro que eu precisava de ajuda. Um dia, a ajuda entrou pela porta. Kyle Craig, um homem com dois primeiros nomes, era ex-representante de uma emissora local de televisão. Eu havia comprado tempo de transmissão em sua estação e ele vinha seguindo a escalada meteórica da minha agência. Ele me fez uma oferta: por um salário e 15% da companhia, ele assumiria as relações com clientes e a compra de mídia, para que eu pudesse focar no marketing e na criação. Era exatamente o que eu precisava.

Kyle se vestia bem, era ambicioso e encantador: um vendedor consumado. Era o tipo de cara que conseguia convencer uma freira a entrar para o clube do charuto.

McKale não gostou muito de Kyle. Não confiava nele. Ela me disse que na primeira vez que eles se conheceram, ele flertara com ela. Eu dei de ombros.

— É o jeito dele — eu disse. — Ele é inofensivo. — A verdade era que eu gostava de Kyle. Nós éramos dois caras malandros na propaganda — garotos jovens, de boa lábia, que trabalhavam duro e se divertiam fazendo isso. Naquela época, havia muita diversão.

Uma dessas vezes foi quando executivos do Comitê Municipal nos pediram para preparar uma proposta promocional para a feira municipal, nada badalada, que eles faziam. No ano anterior houve um tiroteio de gangues na feira e a frequência caiu vertiginosamente. Eles previam que esse ano seria ainda pior. O diretor de serviços ouviu falar que nós éramos bons e nos convidou para fazer uma proposta para a conta deles. Criei uma campanha hilária com vacas falantes. (Isso foi antes da campanha Vaca Feliz, da Associação de Queijos da Califórnia. Pode-se dizer que eu estava ligado nas vacas falantes antes que elas virassem moda.)

Nem Kyle nem eu conhecíamos as pessoas para quem íamos apresentar a proposta, então, para quebrar o gelo, achei que seria divertido apresentar uma campanha com outdoor de brincadeira, tipo um trote. No histórico de ideias ruins, isso foi o equivalente a um balde de água fria. Esqueci de levar em conta que burocratas não têm senso de humor.

A temperatura caiu alguns graus quando a comitiva da feira entrou em nosso escritório. Eles eram três, rígidos e sombrios — tão retesados que parecia que suas cabeças começariam a girar.

Eu não sabia seus nomes, portanto criei apelidos para cada um deles: Cara do Chapéu, Moça Beata e Capitão Cós Alto. Eles se sentaram à mesa de reuniões e me olhavam com expectativa. Já fui a enterros menos solenes. Insensatamente, mantive meu plano e apresentei meu primeiro cartaz:

Venha à feira
A GANGUE toda estará aqui

Eles olharam o cartaz, com absoluta descrença.

— Gangue... — disse a Beata, com a voz fina.

— Aqui está o próximo — eu disse. Os olhos de Kyle estavam quase pulando das órbitas.

Mostre SUAS CORES VERDADEIRAS
Vá à feira municipal

Por um momento ninguém falou, depois o Cara do Chapéu disse:

— Cores, como em cores de gangue?

Sem responder, mostrei a ele o próximo slide.

Tenha uma diversão DE MATAR
Na feira municipal

Suas três bocas de truta simultaneamente se abriram e a Moça Beata respirou fundo. O Capitão Cós Alto olhou para baixo, por um momento, e ajustou os óculos.

— Acho que viemos ao lugar errado.

Kyle pulou, ficando de pé. — Ei, nós só estamos dando uma cutucada — disse ele. — Um pouquinho de diversão.

— Isso mesmo — eu disse. — Só achei que podíamos deixar as coisas mais leves com uma pitadinha de humor.

O Capitão Cós Alto olhou para Kyle friamente, como um oficial da imigração. — Essa é sua ideia de humor?

Kyle apontou para mim. — Na verdade, é ideia dele.

— Não acho muito divertido — disse a Moça Beata, levantando. —Eles juntaram suas coisas e saíram da sala, deixando Kyle e eu perplexos.

— Isso foi bom — disse Kyle.

— Acha que eles vão voltar? — perguntei.

— Não.

— É, nem eu — falei.

— Um monte de amantes de vaca — disse Kyle. — Espero que os bandidos façam um grande tiroteio na feira de suínos deste ano.

(Nota: a agência que eles acabaram contratando produziu a campanha mais tediosa que já vi na vida, o que combinou bem com eles: uma campanha com duas galinhas velhas tomando chá gelado e falando sobre os velhos tempos, quando a feira chegava à cidade.)

CAPÍTULO
Quatro

Geralmente, as decisões mais simples carregam
as consequências mais terríveis.

Diário de Alan Christoffersen

O começo do colapso chegou num dia como outro qualquer. O despertador tocou às seis horas e eu estiquei a mão para tocar depois de mais uma soneca. McKale se aconchegou a mim, pressionando seu corpo macio e morno junto ao meu. Ela começou a correr suavemente as unhas para cima e para baixo no meu peito, uma das coisas que mais gosto no mundo. Expirei o ar, extasiado. — Não pare.

Ela beijou meu pescoço. — O que você vai fazer hoje?

— Trabalhar.

— Ligue e diga que está doente.

— A empresa é nossa. Para quem vou ligar?

— Você pode ligar para mim. Eu te dou uma folga.

— Por bom comportamento?

Eu sorri e a beijei. Toda manhã, eu acordava perplexo por essa mulher ainda estar na minha cama.

— Bem que gostaria. Mas hoje estamos apresentando uma proposta para a conta da Wathen.

— Não é para isso que você tem o Kyle? Ele não pode lidar com essas coisas?

— Hoje não. Essa é uma grande apresentação, para a qual estamos nos preparando o mês inteiro. Eu preciso estar lá.

— Você não é divertido.

— Alguém tem que pagar as contas.

A expressão dela mudou. Ela recostou.

— Falando nisso...

Eu virei para ela. — O quê?

— Eu preciso de mais dinheiro.

— De novo?

— Ainda não fiz o pagamento da casa.

— Desse mês, ou do mês passado?

Ela fez uma careta.

— ...mês passado.

— McKale. — Eu gemi de desespero. — Recebi uma ligação, no escritório, na semana passada, da financeira. Eles disseram que nós deixamos de fazer os dois últimos pagamentos.

— Eu sei. Vou fazer. Detesto lidar com dinheiro. Não sou boa com dinheiro.

— Você é boa em gastá-lo.

Ela franziu o rosto. — Isso foi cruel.

Olhei para ela e minha expressão abrandou. — Desculpe. Você sabe que é o motivo para que eu ganhe dinheiro.

Ela se inclinou à frente e me beijou. — Eu te amo.

— Eu também te amo — eu disse. — Vou pedir ao Steve para transferir dinheiro para a sua conta. — Eu me sentei. — Esta noite, nós poderemos comemorar. Ou não. De qualquer forma, vamos fazer algo divertido. Temos o fim de semana inteiro.

Ela deu um grande sorriso. — Tenho uma ideia.

— O quê?

— Não vou dizer. — Ela pousou o dedo nos meus lábios. — Garanto que você nunca vai se esquecer desse fim de semana.

Nenhum de nós dois podia imaginar o quanto ela estava certa.

CAPÍTULO
Cinco

Os humanos perdem tempo demais se preocupando
com coisas que jamais acontecerão
com eles. Segundo minha experiência, as
maiores tragédias são aquelas que nem passam
por nossa cabeça — os acontecimentos
que nos pegam desprevenidos, numa tarde de sexta-feira,
quando estávamos imaginando
como passar o fim de semana.
Ou quando estamos no meio da apresentação
de uma proposta de propaganda.

Diário de Alan Christoffersen

Estacionei na minha vaga privativa mais ou menos às 9h20. Kyle já estava de mau humor. — Ainda bem que você conseguiu chegar — disse ele, quando entrei no escritório. Já estava acostumado a isso. Kyle sempre ficava apreensivo antes de uma grande apresentação.

— Relaxe, Kyle — eu disse, calmamente.

Falene entrou logo atrás de Kyle. — Bom dia, Alan.

— Bom dia, Falene.

Falene era minha secretária de sexta-feira — uma bela morena descendente de gregos que Kyle tinha conhecido num recrutamento de modelos e contratou como nossa assistente executiva e atrativo visual. Até seu nome (sua mãe lhe dera à luz na noite em que assistiu ao Bambi) era exótico.

— Relaxar? — disse Kyle, com a voz contida. — Hoje é a final do campeonato. Não se chega atrasado no dia do jogo.

Eu continuei caminhando em direção ao escritório, seguido por Kyle e Falene. — Eles já estão aqui?

— Não.

— Então não estou atrasado.

— Posso lhe trazer algo antes da reunião? — perguntou Falene.

— Que tal um sedativo para Kyle? — eu disse.

Falene sorriu torto. Embora Kyle a tivesse contratado, ela nunca morreu de amores por ele. Ultimamente, o relacionamento parecia pior.

— Eu te encontro na sala de reunião — Kyle resmungou.

✦

Eu compreendia por que Kyle estava tão ansioso. O cliente que estávamos prestes a conquistar era a construtora Wathen Development e a campanha era para um condomínio de luxo chamado A Ponte: um projeto de duzentos milhões de dólares, com quatrocentas unidades, duas sedes de clube e um campo de golfe com dezoito buracos. O orçamento anual para propaganda superava a marca dos três milhões de dólares.

Wathen, um construtor impetuoso e perpetuamente bronzeado, de quarenta e poucos anos, chegou uns quinze minutos depois. Ele estava acompanhado por seu contador, Stuart, e Abby, uma mulher britânica que não conhecíamos e cujo papel não estava bem claro. Kyle e eu os cumprimentamos quando entraram em nosso escritório.

— O que posso lhes oferecer para beber? — perguntou Kyle.

— O que você tem?

— O que temos, Falene? — perguntou Kyle, sucinto. Falene olhou-o fixamente, depois virou-se para Wathen.

— Senhor Wathen — disse ela — nós temos...

— Me chame de Phil.

Falene sorriu. — Certo, Phil. Temos suco: coco, maçã, abacaxi e laranja. Temos água, refrigerante de baunilha e pêssego, Coca, Coca Diet, Pepsi, Perrier...

— Ainda fazem Perrier?

— Receio que sim.

Ele riu. — Aceito uma água de coco. Você pode misturar com um pouquinho de abacaxi?

— Certamente.

— Abby— disse Wathen —, o que você toma?

— Nada.

— Aceito um refrigerante de baunilha — disse Stuart.

— Muito bem — disse Falene. — Eu já volto com suas bebidas.

Conforme Falene saiu, Kyle convidou todos à sala de reunião. Enquanto nos acomodávamos ao redor da mesa, algo estranho aconteceu — algo difícil de explicar. Subitamente senti uma dor aguda na espinha, seguida por um fluxo emocional forte, uma sensação bizarra de opressão que parecia me tirar o ar. A princípio pensei que estivesse tendo um ataque cardíaco, ou um derrame, depois, um ataque de ansiedade. O que quer que fosse, passou tão depressa quanto chegou. Ninguém pareceu notar que eu estava ofegante.

Eu tinha projetado a sala de reuniões para expor meus vários prêmios. As paredes tinham uma textura especial, com gesso, e foram pintadas da cor berinjela, cobertas com prêmios de propagada emoldurados em dourado. Uma das paredes era coberta com prateleiras que abrigavam nossos troféus. Os prêmios da outra parede ficavam ocultos quando o telão descia do teto.

Quando todos estavam acomodados em volta da mesa, liguei o projetor da sala e a logomarca da Wathen Development surgiu na tela.

Falene voltou, cautelosa para entregar a primeira bebida a Wathen.

— Aqui está, senhor, quero dizer, Phil. Coco com um pouco de abacaxi. Deseja mais alguma coisa?

— Só voltar a ter vinte anos.

Abby revirou os olhos.

Ela distribuiu o restante das bebidas, incluindo uma Coca para Kyle, e notei que fez isso sem olhar para ele.

— Tudo certo. — disse Kyle — Se estiver tudo bem para você, Phil, nós começaremos. — Wathen assentiu e Kyle diminuiu as luzes com o controle remoto.

— Obrigado por essa oportunidade. Nosso objetivo, como sua futura agência, é criar uma campanha que não apenas resulte em capacidade de ocupação do seu novo complexo, mas numa demanda que mantenha o valor da sua propriedade forte e crescente.

— Nossa campanha emprega uma abordagem multimídia que inclui televisão, rádio, jornais, internet e propaganda em outdoors. Propomos o lançamento da campanha com a apresentação de cinquenta outdoors com o propósito expresso de criar um alerta do nome. Faremos isso com uma mensagem de três fases, a primeira, começando assim que estivermos prontos para apertar o gatilho. — Ele apontou para mim. — Al...

Eu apertei o botão do controle para revelar o primeiro outdoor.

A Ponte em construção

O quadro era amarelo e preto, como um sinal de alerta de perigo na estrada. Kyle e eu simultaneamente olhamos para Wathen. Ele não demonstrava nenhuma emoção. — É uma campanha provocadora — disse Kyle. Deixaríamos exposto tanto ao norte como ao sul da Interestadual-5 e da Interestadual-45, por dois meses.

— Parece uma placa de desvio — disse Abby.

— Exatamente — respondi.

Ela continuou: — Mas e se as pessoas acharem que alguma ponte está realmente em construção?

— Na verdade, essa é nossa expectativa — eu respondi. — Seus potenciais clientes passam dirigindo por centenas de outdoors todo dia. Eles aprenderam a apagar todas essas placas, mas não as placas direcionais. Ao descobrirem que foram enganados, isso lhes dará um relacionamento com sua construção. Depois de trinta dias, nós revelamos o segundo outdoor. — Eu aperto um botão.

A Ponte será aberta em 16 de julho

— É quando nós começamos a campanha de televisão e rádio — disse Kyle. — Se até esse ponto a campanha foi propositadamente austera, agora ela começa a demonstrar um aspecto exuberante: prestigiado, bonito, chique, gente feliz desfrutando do estilo de vida exclusivo de A Ponte. Vocês notarão que o amarelo vivo do primeiro outdoor terá sutilmente alterado para um tom mais dourado.

— Então — eu disse —, com a abertura da Fase 1, o último cartaz.

Agora A Ponte está aberta.
Atravesse rumo ao novo estilo de vida de Washington

Wathen sorriu e assentiu ligeiramente. Stuart inclinou-se para cochichar algo com Wathen e Abby também estava sorrindo.

Nesse exato momento, Falene abriu a porta. Num sussurro tenso, ela disse meu nome — Al.

Kyle olhou-a, incrédulo. Ela não era tola de interromper num momento tão crucial. Eu lhe dei um rápido aceno de cabeça. Ela caminhou até o meu lado e abaixou perto de mim.

— Alan, é uma emergência. McKale teve um acidente.

— Que tipo de acidente? — Eu disse alto o suficiente para que todos na sala me olhassem.

— Sua vizinha está na linha. Ela disse que é sério.

Eu levantei. — Lamento, minha esposa sofreu um acidente e eu preciso atender a esta ligação.

— Vá em frente, atenda aqui — disse Wathen, gesticulando para o telefone no meio da mesa.

Falene acendeu as luzes. Eu ergui o fone e apertei o botão que piscava. — Aqui é o Al.

— Alan, aqui é sua vizinha, Monnie Olsen. McKale teve um acidente.

Meu coração gelou. — Que tipo de acidente?

— Ela foi lançada do cavalo.

— Com que gravidade ela se feriu?

— Ela foi levada às pressas para Overland.

Tudo em minha mente estava embaralhado. — Diga, foi muito grave?

Ela hesitou, depois subitamente começou a chorar. — Eles acham que ela quebrou a coluna. — A voz dela falhou. — Ela... — ela parou. — Eu lamento, ela disse que não conseguia sentir nada da cintura para baixo. Você precisa ir até Overland.

— Estou saindo. — Eu desliguei o telefone.

— Ela está bem? — perguntou Wathen.

— Não. É grave. Eu preciso ir.

— Eu termino — disse Kyle.

Conforme eu deixava a sala, Falene pousou a mão nas minhas costas. — O que você precisa?

— Preces. Muitas preces. — Fui voando até o hospital, alheio ao mundo ao meu redor. O trajeto parecia interminável e durante todo o caminho até lá havia um diálogo movido à adrenalina em minha mente — uma batalha entre duas forças polares. A primeira voz me assegurava que minha vizinha estava apenas em pânico e tudo estava bem, a outra voz gritava: *É pior do que eles estão dizendo. É pior do que seu mais terrível pesadelo.*

Quando cheguei ao hospital, estava quase enlouquecido de medo. Estacionei numa vaga para deficientes, do lado de fora da entrada de emergência, e corri para dentro, até o primeiro guichê de atendimento, onde havia uma mulher de meia-idade, com óculos grossos, sentada atrás do vidro. Ela estava olhando a tela de seu computador e não reparou em mim.

Eu dei uma batidinha no vidro.

— Minha esposa está aqui — eu disse, frenético.

Ela ergueu os olhos para mim.

— McKale Christoffersen. Sou seu marido.

Ela digitou o nome no computador. — Ah, sim. Só um minuto. — Ela pegou o fone e discou um número. Falou baixinho com alguém, depois desligou e se virou para mim. — Alguém está vindo falar com o senhor. Por favor, sente-se.

Eu me sentei numa cadeira e cobri meu rosto com as mãos, fiquei balançando para frente e para trás, não sei por quanto tempo, até que senti uma mão em meu ombro e olhei. Eram nossos vizinhos, Monnie e Tex Olsen. No instante em que vi os rostos abalados deles, algo explodiu dentro de mim. Eu comecei a chorar. Monnie colocou os braços ao meu redor. — Lamentamos tanto.

— Você falou com os médicos? — perguntou Tex.

Eu sacudi a cabeça. — Eles ainda estão com ela. — Eu me virei para Monnie. — Você viu acontecer?

Ela se agachou ao meu lado e falou baixinho: — Não, eu a encontrei alguns minutos depois que aconteceu. O cavalo se assustou e a jogou.

— Como ela estava?

Eu queria ouvir palavras consoladoras, mas ela só sacudiu a cabeça. — Não estava bem.

Foram mais dez minutos antes que uma jovem, com cara de garoto e cabelos curtos, calças e uma blusa de seda, com uma etiqueta plástica com seu nome pendurada num fio ao redor do pescoço, passou pelas portas duplas da emergência e entrou na sala de espera. A mulher por trás do vidro gesticulou para mim, embora eu tivesse certeza de que fosse só uma confirmação. Não foi difícil avistar o cara desesperado, do outro lado do vidro. — Senhor Chnstoffersen?

Eu levantei. — Sim.

— Sou Shelly Crandall, assistente social do hospital.

Eles mandaram uma assistente social? Eu pensei. *Eu quero ver minha esposa.*

— Eu lamento, mas os médicos ainda estão com ela.

— O que está havendo?

— Sua esposa teve uma fratura lombar superior. Os médicos estão estabilizando seu estado.

— Ela está paralisada? — As palavras saltaram de minha boca.

Ela hesitou. — Ainda é cedo demais para afirmar qualquer coisa. Numa lesão desse tipo há muito inchaço e isso pode afetar os nervos. Nós geralmente esperamos 72 horas para um prognóstico preciso do dano sofrido pela medula espinhal.

— Quando poderei vê-la?

— Levará algumas horas. Eu prometo que o levarei até ela assim que os médicos a liberarem. Lamento, senhor Christoffersen.

Eu despenquei novamente na cadeira. Monnie e o marido ficaram sentados de frente para mim, quietos.

A espera foi excruciante. Cada instante que passava parecia levar um pouco de esperança. Eu ouvia ansiosamente os anúncios sobre os pacientes emergenciais, imaginando se eles estariam falando de McKale.

Quase duas horas depois que eu cheguei, a assistente social me levou de volta pelas portas duplas da emergência.

Quando vi minha esposa, meu primeiro pensamento foi ter havido um equívoco, e eles haviam me levado ao quarto errado. McKale era vibrante e forte. A mulher deitada na cama, com a roupa hospitalar, parecia miúda e frágil. Quebrada.

Minha McKalc estava quebrada. Seus olhos escavam fechados e seus cabelos estavam espalhados no travesseiro. A cama estava ladeada por monitores. Havia um soro intravenoso preso em seu braço direito. Fiquei surpreso ao ver que ainda havia terra em seu rosto. McKale tinha caído do cavalo, de cara, e, no esforço da emergência, ninguém havia dedicado tempo para limpá-la.

Tive a impressão de que meu corpo subitamente pesava uma tonelada. Eu recostei na grade da cama, enquanto meus olhos se enchiam de lágrimas.

— Mickey...

Com o som da minha voz, os olhos de McKalc se mexeram e ela me olhou.

Eu apertei a sua mão. — Estou aqui.

As lágrimas encheram seus olhos. Sua voz saiu baixinho. — Desculpe.

Eu lutei contra minhas próprias lágrimas. Tinha de estar forte para ela.

— Por que está se desculpando?

— Eu estraguei tudo.

— Não, meu bem. Você vai ficar bem. Vai ficar tudo bem. — Ela me olhou por um instante, depois fechou os olhos.

— Não, não vai.

✦

As 24 horas seguintes se passaram como um pesadelo. O soro supria uma dose contínua de morfina e McKale oscilava, entrando e saindo do estado consciente, enquanto eu ficava sentado a seu lado. Uma hora, ela acordou e perguntou se aquilo era um sonho. Como eu gostaria de dizer "sim". Por volta de oito horas, saí do quarto para fazer algumas ligações.

Minha primeira ligação foi para o pai de McKale. Ele começou a chorar e prometeu que pegaria o próximo voo. Depois, liguei para o meu pai. Ele ficou em silêncio, quando contei.

— Eu lamento, filho. Você precisa de alguma coisa?

— De um milagre.

— Eu gostaria de ter um. Precisa que eu vá até aí?

— Não.

— Está bem. — Ele ficou perfeitamente bem com isso. Nós dois ficamos. Simplesmente era assim.

Mais tarde, naquela noite, eu recebi uma ligação de Kyle.

— Como está McKale?

— Só um minuto — eu disse. E saí do quarto de McKale.

— Ela quebrou a coluna. É grave. Ainda não sabemos a gravidade.

— Mas ela não está paralisada...

Eu detestava essa palavra. — Ainda não sabemos, mas ela não consegue mexer as pernas.

Ele gemeu.

— Há esperança, não há? Milagres acontecem todos os dias.

— É isso que estamos esperando.

Nós dois ficamos quietos por um bom tempo. Então ele disse:

— Eu liguei para lhe dizer que nós conseguimos a conta da Ponte.

Levei um minuto para registrar o que ele havia dito. Fiquei perplexo ao notar que algo que dominara minha mente durante semanas já não tinha nenhuma importância. Se fosse outro dia, nós estaríamos comemorando com uma refeição cara e uma garrafa de champanhe no Canlis. Esse mundo já parecia uma lembrança distante. Tudo que eu disse foi:

— Ah. — E percebi o quanto subitamente me tornei desligado.

Houve outro longo silêncio. Finalmente, Kyle falou:

— Ei, não se preocupe com nada, está tudo sob controle.

— Obrigado.

— De nada. A McKale recebeu as flores que eu mandei?

— Sim. Obrigado.

— Mande meu amor para McKale. E não se preocupe. Eu vou cuidar de tudo para você.

CAPÍTULO

Seis

Nada é mais angustiante do que
esperar pelo veredito do júri.
Exceto, talvez, ouvir o veredito do júri.

✦ Diário de Alan Christoffersen ✦

Os três dias seguintes se passaram num limbo surreal, meu coração oscilava entre a esperança e o desespero. Os médicos disseram o que a assistente social já havia me dito — eles não teriam certeza da extensão do dano causado aos nervos por 72 horas. Muita coisa pode acontecer em 72 horas, eu dizia a mim mesmo. Talvez, quando o inchaço diminuísse, ela voltasse a ter sensibilidade e recuperasse seus movimentos.

Ela tinha de se recuperar. McKale na cama, imóvel, era uma das coisas mais esquisitas que eu podia imaginar.

O resto do meu mundo deixou de existir. Fiquei ao lado de McKale durante todo o tempo e à noite dormia numa caminha ao lado da sua, ou, pelo menos, tentava, já que as enfermeiras pareciam vir a cada vinte minutos para checar alguma coisa. Eu não queria que ela acordasse e não me encontrasse ali. Sam, pai de McKale, chegou na tarde de sábado e, pela primeira vez, eu a deixei para ir em casa tomar um banho e mudar de roupa. Só fiquei fora algumas horas.

Na manhã de segunda-feira, eu não fui para casa. Fazia 72 horas desde o acidente, e os médicos nos disseram que viriam pela manhã para os testes. Finalmente, saberíamos a extensão da lesão. Sam chegou por volta de dez horas. Naquela manhã, ninguém falou de testes. McKale conversou com seu pai sobre a nova casa na Flórida, depois me perguntou sobre o trabalho. Foi quando percebi que não havia falado sobre a conta da Ponte.

— Que boa notícia — disse ela.

Sam ficou mais empolgado que nós dois. — Muito bem, meu garoto. Muito bem.

Dei um sorriso forçado. Eu não tinha interesse verdadeiro naquilo e só falei a respeito para tirar nossas cabeças de questões mais pesadas.

Por volta de onze e meia, três médicos entraram no quarto. Um deles carregava uma mochila pequena de vinil, outro tinha uma prancheta. Reconheci a médica do dia do acidente.

Ela me disse:

— Sou a doutora Hardman. É o marido de McKale?

— Sim, senhora.

— E o senhor é o pai?

Sam assentiu.

— Vou precisar que ambos saiam enquanto conduzimos esses testes.

Eu quis perguntar por que, mas não fiz. Pus muita fé nos médicos. Mais tarde, percebi que não era neles que eu punha fé, era minha esperança de que ela ficasse boa. Sam se afastou e um dos médicos começou a puxar a cortina ao redor da cama.

— Podemos ficar aqui fora e ouvir? — perguntei, apontando para o outro lado da cortina.

— Claro — disse ela.

Eu me inclinei e dei um beijo na testa de McKale. — Eu te amo.

— Eu também te amo.

Abri a cortina e caminhei ao lado de Sam.

— Como vai você, McKale? — perguntou a doutora Hardman.

McKale murmurou algo.

— Lamento. Vamos fazer alguns testes. São bem simples. Não devem ser dolorosos. — Houve algum movimento e McKale gemeu de dor quando eles a viraram de lado para ver sua coluna.

Eu ouvi um zíper sendo aberto e depois um dos médicos disse:

— O doutor Schiffman tocará várias partes de seu corpo com esse equipamento. (Depois do procedimento, vi o equipamento. Parecia um dispositivo de tortura medieval. Tinha formato de roda, com pinos saindo do centro.) — Vamos passar isso em partes diferences de seu corpo, depois perguntaremos pela reação. Está pronta?

— Sim — disse McKale, baixinho.

Depois, ouvi um dos médicos perguntar:

— Sente isso, McKale?

— Sim.

Meu coração ficou empolgado. Eu queria espalmar a mão de Sam, mas ele estava olhando para o chão.

— Certo. Agora vamos tentar da cintura para baixo. Sente isso?

Houve uma longa pausa. McKale disse: — Não.

— E quanto a isso?

Outra pausa. Dessa vez, sua voz estava ligeiramente contida: — Não.

Meu estômago se contraiu. Vamos, McKale.

McKale começou a chorar. — Não.

Eu comecei a rezar em silêncio. *Por favor, Deus. Deixe que ela sinta alguma coisa.*

— E quanto a isso?

McKale agora estava chorando. — Não.

Sam pousou as mãos sobre os olhos.

— E isso?

— Não. Eu não sinto nada — ela gritou. — Eu não sinto nada!

Abri a cortina, mas a doutora Hardman apenas sacudiu a cabeça para mim. Eu recuei.

— Agora faremos um teste para lesão profunda do nervo.

Às vezes, a lesão é apenas na superfície e os pacientes retêm a sensação sob a pele. Vou inserir essa agulha cm sua perna e preciso que você me diga se sentir alguma coisa.

Eu fiquei esperando algo, mas McKale não fez nenhum som.

Eu despenquei numa cadeira e segurei a cabeça com as mãos. Eu me sentia enjoado. Ela não tinha sensação. McKale estava paralisada.

CAPÍTULO
Sete

Quando menino, ouvi essa história na igreja. Um homem estava consertando o telhado de um prédio muito alto quando começou a escorregar. Conforme se aproximava da beirada do telhado, ele rezou: "Salve-me senhor, e irei à igreja todo domingo, vou parar de beber e serei o melhor homem que essa cidade já conheceu".

Quando ele terminou sua prece, um prego prendeu seu macacão e o salvou. O homem olhou para o céu e gritou: "Deixa pra lá, Deus, eu mesmo resolvi". Como isso é verdadeiro conosco.

Diário de Alan Christoffersen

Apesar da lesão permanente nos nervos, sua coluna ainda precisava ser reparada e ela teve de fazer novamente uma cirurgia. Nós tivemos de esperar outras 24 horas até que o hospital pudesse acomodá-la. Sam teve de voltar para casa naquela manhã, portanto eu era o único ao lado de McKale quando eles a trouxeram da cirurgia. Fiquei tenso, aguardando na sala de espera.

Quando o cirurgião saiu para me dar o relatório, ele estava sorrindo abertamente.

— Correu tudo muito bem. Melhor do que esperávamos.

Conseguimos reparar sua coluna sem maiores problemas.

O tom me animou.

— Isso significa que ela pode voltar a andar?

A expressão dele se fechou.

— Não. Só significa que os ossos da coluna foram reparados.

Disseram-me que há um padrão universal de tristeza e perda que todos precisam passar. As três primeiras fases são negação, raiva e barganha. Acho que passei pelas três de uma só vez. Prometi tudo a Deus, que daria todo o meu dinheiro aos pobres, passaria a vida construindo casas para os sem-teto, faria qualquer coisa que pudesse chamar Sua atenção.

Tinha até um plano para que Deus fizesse isso acontecer. Eu simplesmente acordaria como se tudo aquilo tivesse sido um pesadelo. Mas nunca acordei do pesadelo. Deus tinha outros planos.

CAPÍTULO
Oito

Somos tão tolos. Com muito mais frequência do que estamos dispostos a acreditar, punimos nossos amigos e premiamos nossos inimigos.

Diário de Alan Christoffersen

Na tarde de quarta-feira, Falene ligou. Eu realmente não queria atender ao seu telefonema, mas atendi mesmo assim. Ela já tinha ligado várias vezes, ao longo da última semana, e deixado recados dizendo que precisava falar comigo urgentemente. Ela ficou surpresa ao ouvir minha voz.

— Alan?

— Oi, Falene.

— Como vai a McKale?

— A lesão dos nervos é permanente.

Falene suspirou levemente. Ao falar, havia um tom emotivo em sua voz.

— Lamento muito. — Em seguida, ela disse: — O que posso fazer?

— Não há nada que alguém possa fazer — eu disse, zangado. — Se houvesse, teríamos feito. — Falene ficou em silêncio. Depois de um instante, eu disse: — Desculpe. Não estou muito bem.

— Eu compreendo.

— Sobre o que você precisava falar comigo?

Ela hesitou. — Isso pode esperar — disse ela. — As coisas vão se ajeitar. Mande meu amor a McKale.

Fiquei um pouco intrigado com o comentário, mas deixei de lado. — Tudo bem, falamos outra hora.

Kyle ligou mais tarde, naquela noite.

— Como está McKale?

— Ela está paralisada.

Kyle ficou quieto por um momento.

— Cara, lamento. Gostaria que houvesse algo que eu pudesse fazer.

Eu funguei. — É.

— Tive uma reunião com Wathen hoje de manhã. Ele perguntou por você.

— Agradeça por mim. E obrigado pelas flores.

— Farei isso. Ele queria saber quando poderia ver os gráficos finais, então pus o Ralph nisso. Outra coisa, você está com o estúdio agendado para as fotos do Tuesday's Coiffeur. Você selecionou uma modelo?

Eu passei os dedos nos cabelos.

— Não. Programei uma seleção de modelos para quinta-feira.

— Quinta-feira, amanhã?

Eu não tinha ideia de que dia era. — Desculpe. Você pode cuidar disso?

— Estou sempre pronto para seleção de modelos.

— Desculpe deixar isso para você, Kyle. Simplesmente não posso voltar a esse mundo.

— Você não precisa se preocupar com nada. Cuidarei de tudo. A propósito, a Falene ligou recentemente?

— Esta tarde.

Ele parou. — O que ela disse?

— Não muito. Ela só queria saber como estava a McKale.

— Ah, é? — ele pareceu surpreso. — Bom. Isso é bom. Bem, é melhor eu te deixar. Mande meu amor a McKale.

— Obrigado, Kyle.

— Não por isso.

CAPÍTULO
Nove

Quanto mais alguém lhe assegura que
está tudo bem, mais você pode
acreditar que não está.

Diário de Alan Christoffersen

No dia seguinte, McKale foi liberada da UTI e transferida a uma ala de reabilitação do hospital. Passei as três semanas seguintes a seu lado. Ficava com ela todas as noites até que adormecesse. Numa noite, eu estava tão exausto que resolvi ir embora antes que ela dormisse, mas ela me implorou para ficar. Estava com medo e se agarrou a mim como quem se agarra a um galho na beira de um precipício.

Eu detestava reabilitação. Detestava o nome do lugar. Era propaganda enganosa. Nada estava sendo reabilitado. Acho que o único propósito era fazer com que McKale se acostumasse à vida numa cadeira de rodas, o que provou ser mais difícil do que nós esperávamos, já que ela não tinha força na parte superior do corpo para fazer o que era solicitado.

Além da fisioterapia, havia um "apoio emocional". Um punhado de conselheiros fazia mais promessas do que um comercial noturno. *Você pode fazer qualquer coisa, pode ter uma vida normal, sua vida pode ser tão completa quanto antes, rá, rá, rá.*

McKale chamava aquilo de "desculpa esfarrapada para animar a torcida".

Ela não engolia nem um pouco.

Naquelas primeiras semanas após o acidente, as únicas ligações que eu recebi do escritório, com exceção daquela de Kyle e de Falene, foram de nossos clientes, Wathen e Coiffeur. Todas as vezes que eles ligaram, eu passava mensagens de texto para Kyle, pedindo que ele os atendesse. Eu simplesmente não conseguia viver em dois mundos. Ainda assim, por mais que eu fosse grato por Kyle me dar cobertura, eu sabia que isso não poderia durar muito mais tempo.

Ao final da terceira semana, enquanto fazia os preparativos para levar McKale para casa, comecei a me preparar mentalmente para voltar ao trabalho. Liguei para Kyle para pedir um relato atualizado sobre nossas contas e fiquei surpreso quando ele não atendeu ao celular. Assim foi pelos três dias seguintes. Ao final da semana, eu fiquei imaginando se ele não teria perdido o telefone. Na tarde de sexta-feira, liguei para Tawna, nossa recepcionista, para descobrir onde ele estava.

— Madgic, Falene falando.

— O que você está fazendo atendendo ao telefone? — eu perguntei. — Onde está Tawna?

— Ela foi embora.

— Ela saiu mais cedo?

— Não, ela pediu demissão. Todos pediram demissão, exceto eu.

Ela podia estar falando chinês, pelo sentido que fazia para mim. — Pediu demissão? Do que você está falando?

— Kyle e Ralph abriram uma empresa. Levaram todos com eles.

Eu fiquei perplexo. — Kyle e Ralph partiram?

— Ele e Ralph abriram uma agência só deles. Craig/Jordan Propaganda.

— E quanto aos nossos clientes?

— Levaram todos. Kyle disse a eles que a Madgic estava afundando — disse ela, zangada. — Fiz o possível para salvá-los. Convenci Wathen e Claudia, do Coiffeur, a ligarem primeiro para você, mas eles disseram que você não retornava as ligações.

— Nós perdemos todos eles?

— Todos.

Eu esfreguei o rosto. — Não posso acreditar nisso.

— Eu não quero acreditar. Diga-me o que fazer.

Minha cabeça parecia explodir. — Eu não sei, Falene. Apenas aguente firme. McKale volta para casa no sábado. Nós vamos nos encontrar na segunda-feira de manhã e montar uma estratégia. Como estamos de dinheiro?

— Liguei para o Steve para saber sobre o pagamento. Ele disse que está quase zerado.

— Não pode ser. Nós devemos ter recebido o pagamento mensal de todo mundo.

— Eu só sei o que ele me disse.

— Kyle — eu disse, pensando alto. — Ele deve ter feito com que eles pagassem os depósitos mensais diretamente a ele.

— Você não pode processá-lo?

— Ele não vai se safar disso.

Falene suspirou. — Eu lamento, Al. Sei que você não precisava de mais essa.

— Nós cuidaremos disso, Falene. Conversaremos na segunda-feira e faremos um plano.

A voz dela se acalmou. — Tudo bem. Mande meu amor para McKale.

— Falene.

— Sim.

— Obrigado por não ir embora.

— De nada. Além disso, não há dinheiro no mundo que me faça trabalhar para aquele asqueroso.

CAPÍTULO
Dez

Algo que nunca deixa de me surpreender é a capacidade humana para se enganar quando se está cuidando do seu próprio interesse. O interesse próprio é cego.

✦ Diário de Alan Christoffersen ✦

Eu devo ter ligado para Kyle pelo menos vinte vezes antes que ele finalmente atendesse à minha ligação.

— Alan. — Ele atendeu alegremente, mas sua voz estava pontilhada de ansiedade.

— O que foi que você fez?

— Porque você não me diz o que acha que eu fiz.

— Você roubou minha agência. — Eu estava sentado numa sala de espera vazia, e agora andava de um lado para o outro.

— Não é verdade, companheiro. A Madgic ainda é sua. Só segui seu caminho e resolvi trabalhar sozinho.

— Com os meus clientes.

— Não, com os meus clientes. Não se esqueça de que eu os trouxe.

— Você os arranjou com o meu tempo, usando meu nome, meu dinheiro, minha agência e minha criatividade. — Eu tentei manter a voz sob controle.

— Bem, isso é discutível. Sou sócio, portanto é meu tempo, e você está descontando a criatividade de Ralph e Cory. Mas não faz mal. Os clientes decidem para onde querem ir e eles escolheram vir comigo. Você os abandonou. Eu catei os pedaços. Como pode culpá-los por isso?

— Não os culpo. Culpo você. Você disse que cobriria por mim.

— Fiz exatamente o que disse que faria. Cuidei dos clientes.

— Não importa como você coloca as coisas, Kyle. Eu confiei em você e você me apunhalou pelas costas, enquanto eu estava cuidando da minha esposa. Há lugares especiais no inferno para gente como você.

— Não me venha com moralidade, meu chapa. Isso é apenas negócio. Estou seguindo adiante, assim como meus clientes.

— Eu vou te derrubar, Kyle. E aquele traidor do Ralph. Vocês não vão se safar.

Por um momento, ele ficou sem palavras. Depois disse:

— Bem, boa sorte com isso. — E desligou.

McKale sempre estivera certa quanto a ele.

Fiquei relutando quanto a dizer ou não a McKale, e decidi poupá-la, até descobrir o tamanho do estrago. Como sempre, ela notou que havia algo errado. — Você conseguiu falar com Kyle?

— Sim. — Eu me sentei na cadeira ao lado de sua cama hospitalar.

— O que está havendo? — Impotente e vulnerável, ela me olhava.

— Você sabe, os problemas habituais. Apertos e prazos. Preciso voltar ao trabalho na segunda-feira. — Estiquei o braço para pegar a sua mão e a apertei.

Ela me olhou, triste. — Eu sei que precisa. Lamento ter tomado tanto do seu tempo.

— Você não tomou nada que não fosse seu — respondi.

Um leve sorriso surgiu em seus lábios. — Como vai o Kyle?

— Ele tem andado ocupado — eu disse, tentando esconder minha raiva.

— Aposto que sim. Eu realmente o julguei mal. — Ela revirou os olhos, como se não conseguisse acreditar em sua própria imbecilidade.

Olhei-a, por um momento e disse:

— É. Ele tem sido... inacreditável.

— Nós devemos lhe dar um bônus natalino bem grande este ano.

Eu não pude mais suportar. — Preciso ir ao banheiro — disse. Caminhei pelo corredor até o banheiro, me tranquei lá dentro e chutei a lixeira plástica até quebrar.

CAPÍTULO
Onze

McKale voltou para casa hoje. Por mais alegre que seu regresso seja para mim, agora eu enfrento inteiramente a realidade de que nossa vida jamais voltará a ser a mesma. Poderia ser pior. Poderia voltar para casa sozinho.

Diário de Alan Christoffersen

Mesmo com meu mundo em frangalhos, o dia em que McKale voltou para casa foi como Natal. Ao menos até que eu a pusesse na cama. Então, a ficha caiu. Havia cerca de cem recados telefônicos. Alguns eram de condolências, porém a maioria era de cobrança. Sentei com papel e caneta e anotei tudo.

Os telefonemas de cobrança eram repetidos, ficando cada vez mais intensos e ameaçadores.

McKale não era a única ruim com dinheiro. Embora meu pai fosse contador, nunca herdei sua disciplina fiscal. A Madgic havia decolado como um foguete e McKale e eu queríamos tudo depressa. Compramos a maior casa, com o maior crédito aprovado que conseguimos, carros caros, férias e praticamente tudo que queríamos. Jantávamos fora quase toda noite. McKale não era uma grande cozinheira. Ela gostava de dizer: — A única coisa que sei fazer é a reserva.

Além disso, McKale era generosa com todas as instituições de caridade que surgiam. Tínhamos caixas fechadas de biscoitos das escoteiras em nossa despensa. Sempre que percebíamos que estávamos sem dinheiro, eu ficava chateado por um tempo, e McKale dizia: — Você é inteligente, vai ganhar mais.

Mesmo antes do acidente (e o fim da agência), nós já estávamos com problemas. Estávamos com todas as contas atrasadas, tínhamos uma segunda hipoteca de nossa casa e nossos cartões de crédito estavam estourados. Financeiramente, estávamos na corda bamba. E alguém tinha acabado de cortar uma ponta da corda.

McKale era responsável pelo pagamento das contas e, obviamente, ela não fazia isso há tempos. Além dos recados telefônicos, havia uma pilha de contas junto à porta dos fundos. A primeira vez que comecei a olhar perdi a determinação e saí andando.

Alguém disse uma vez: "Podemos negar a realidade, mas não podemos negar as consequências da negação da realidade". A primeira das consequências se manifestou no domingo à tarde. Enquanto estava arrumando as coisas, depois do almoço, a campainha tocou. Eu abri a porta e lá estavam dois homens. O homem da frente era aproximadamente do meu tamanho e porte, embora estivesse ficando careca e fosse uns dez anos mais velho. O segundo homem tinha cabelo alourado e parecia um jogador de futebol americano. O primeiro homem falou:

— Você é Alan Christoffersen?

— Sim.

— Nós somos da Financeira Avait. Estamos aqui para reempossar um Lexus esporte e um Cadillac Escalade.

Olhei para eles. — Vejam, minha esposa acabou de sair do hospital. Há algo que possamos negociar?

— Desculpe. Essa fase passou há tempos. Poderia nos mostrar os carros?

Olhei-os, em busca de algum sinal de piedade, mas não vi nenhum. Eles estavam ali para fazer o seu trabalho.

— Estão na garagem. Vou abrir. — Os homens me deram passagem, enquanto saí pela porta da frente. Abri a garagem digitando o código. — Dê-me um minuto para tirar nossas coisas dos carros.

— Sem problema.

Recolhi nossos pertences: óculos de sol, CDs, carregadores de celular, as coisas habituais. Quando terminei, tirei as chaves do chaveiro e entreguei ao homem. Ele jogou a chave do Escalade para seu parceiro e entrou no meu Lexus.

— Lamento.

Eu os vi indo embora em nossos carros. Fechei a porta da garagem e voltei para dentro.

— Quem estava na porta? — McKale perguntou.

Eu franzi o rosto. — A financeira. Eles levaram nossos carros.

— Lamento. — Ela desviou os olhos.

— Não se preocupe com isso — eu disse. — São apenas carros. — A verdade é que me senti um pobretão.

✦

As coisas só pioraram. Naquela noite, eu olhei a correspondência e encontrei as primeiras contas médicas. Mais de um quarto de um milhão de dólares. *Posso lidar com isso*, eu disse a mim mesmo. *Apenas não entre em pânico. Não entre em pânico. McKale precisa de você.*

Eu entrei em pânico.

CAPÍTULO
Doze

Algo notável aconteceu hoje. A perna de McKafe começou a se mexer. Ainda não vamos estourar o champanhe, mas será que nossa sorte finalmente mudou?

Diário de Alan Christoffersen

Na segunda-feira de manhã, acordei McKale às seis horas e lhe dei banho, arrumei, vesti. Sentei-a em sua cadeira, depois fiz café da manhã. Enquanto fazia essas atividades, pensei naquela frase: "Hoje é o primeiro dia do resto de sua vida". E aquilo se encaixou, só que não da forma tão otimista que eu pretendia. Essa era minha nova rotina diária — algo que eu faria até que nós dois ficássemos velhos e grisalhos.

Eu detestava ter de deixá-la sozinha, mas não tinha escolha. Isso teria de acontecer algum dia.

— Você tem certeza de que ficará bem hoje?

— Sim. Nós precisamos nos acostumar com isso — disse ela.

Eu a beijei na testa, em seguida fui me arrumar. Enquanto eu estava tomando banho, McKale gritou:

— AI! Venha cá, rápido!

Peguei uma toalha, enrolei-a em mim e saí correndo, pingando, pelo quarto. McKale estava sorrindo. Foi a primeira vez que a vi sorrir desde o acidente.

— O quê?

— Olhe — disse ela. Para o meu espanto, uma das pernas de McKale estava se mexendo. — Alguma coisa está acontecendo.

— Você está sentindo?

— Não. Mas dá a impressão de que quer mexer.

Meu coração disparou. Foi a primeira esperança que senti em semanas.

— Seja o que for que estiver fazendo, apenas continue.

— Não estou fazendo nada — disse ela. — Ela simplesmente começou a se mexer sozinha.

Finalmente, pensei. *Algo bom aconteceu. Obrigado, Deus.*

CAPÍTULO
Treze

Hoje voltei ao escritório pela primeira vez,
desde que saí correndo no dia do acidente.
Foi como voltar ao resultado de um incêndio
— caminhar por entre ruínas fumegantes e
restos chamuscados. Falene era a única sobrevivente.

✧ Diário de Alan Christoffersen ✧

Felizmente, nosso péssimo crédito não nos atropelou totalmente antes que eu pudesse financiar uma van para deficientes. Eu tinha passado de um carro esportivo de luxo para uma van para deficientes. Era um símbolo adequado à nossa nova realidade.

Cheguei ao escritório às dez para as nove da manhã. O lugar parecia ter sido abandonado durante a hora do almoço. As luzes e os computadores ainda estavam ligados. Ainda havia canetas e papéis sobre as mesas. Era como um daqueles episódios de *Mistérios insolúveis*. Infelizmente, isso não era mistério. Era Kyle. Mais da metade dos prêmios se fora, deixando ganchos na parede da sala de reuniões. Em meu escritório, alguém tinha mexido em meu armário e havia pastas espalhadas em cima da minha mesa. Meu arquivo telefônico tinha sumido.

Eu ainda estava em meu escritório quando Falene abriu a porta da frente. Caminhei ao seu encontro. Ela deu um sorriso torto quando me viu.

— Bem-vindo — disse ela. Nós nos abraçamos. — Eu tentei lhe dizer.

— Eu sei. — Olhei ao redor do escritório. — Parece que o Grinch atacou cedo.

— Ele até levou a última lata de Who-Hash. — Ela sacudiu a cabeça. — Falando no Grinch, você falou com o verme do Kyle?

— Sim.

— O que foi que ele disse?

— Basicamente, disse que foi embora porque abandonei a agência. Ele só estava pensando no interesse dos clientes.

— Nossa, que herói — disse ela, debochada. — É bem a cara do Kyle. O único interesse que o Kyle já teve foi o seu próprio. Sabe, ele começou isso antes do acidente de McKale.

Eu olhei surpreso.

— O quê?

— Na véspera da apresentação da proposta de Wathen, ele me disse o que estava fazendo e perguntou se eu queria ir com ele. Ia lhe contar depois da reunião com Wathen. Mas foi aquela loucura.

Essa revelação colocou as coisas sob outra perspectiva.

— Aquele maldito fuinha — eu disse. Olhei para a minha mesa e fiquei imaginando se o próprio Kyle a teria saqueado.

— Isso mesmo que ele é — disse Falene. Ela pousou as mãos nos quadris. — Então, por onde começamos, chefe?

— Quero que você ligue para nossa lista de clientes e marque reuniões com todos que me receberem.

— Tenho permissão para usar culpa?

— Certamente. Nós temos algum novo prospecto?

— Houve algumas ligações. Nada grande, mas eles podem ajudar a manter a luz acesa. Tenho anotado em minha sala. Estava escondendo de Kyle.

— Boa garota.

Nós fomos para nossas salas. Passei a manhã seguindo novas possibilidades e conversando com Steve, nosso contador. Financeiramente, as coisas não estavam tão sombrias quanto parecia. Não estavam boas, mas não totalmente catastróficas. Pelo menos ainda não. Alguns depósitos grandes entraram e nós tínhamos uns doze mil dólares no banco — o suficiente para pagar as contas. Por volta das duas horas, Falene entrou na sala.

— Vou comer uma salada. Quer alguma coisa?

— Obrigado, mas preciso ir para casa para ver como McKale está. Como vão indo as ligações?

— Tudo bem. Wathen disse que lamenta muito, mas eles já estão muito avançados para mudar de curso. Mas nos manterá em mente para projetos futuros.

Eu sacudi a cabeça.

— Só faz quatro semanas.

— Eu sei. Ele pareceu se esquivar. Tenho certeza de que Kyle está fazendo a cabeça dele. Mas Coiffeur, iTex e Dyna Tech estão dispostos a se reunir na semana que vem.

— É um começo. Bom trabalho, Falene.

— Obrigada. E como vai McKale?

Eu sorri. — A perna dela estava mexendo hoje de manhã.

— Isso é maravilhoso, não é?

— Isso faz tudo parecer administrável. — Eu levantei e comecei a juntar algumas pastas para levar comigo.

— Você vai voltar hoje?

— Amanhã — eu disse.

— Então, eu te vejo amanhã. E não se preocupe, AI. Nós vamos conseguir. Vamos fazer a Madgic ainda maior que antes.

Eu ergui os olhos. — Falando nisso, estou te promovendo a vice-presidente.

Um sorriso largo surgiu no seu rosto.

— Obrigada. — Ela me abraçou.

— Está vendo? As coisas já estão melhorando.

CAPÍTULO

Quatorze

Essa noite, eu levei McKale correndo para o hospital. Mais problemas. Sinto-me como se os portões do inferno estivessem abertos, à nossa frente. Onde está Deus?

Diário de Alan Christoffersen

McKale estava sentada em sua cadeira de rodas, na copa, quando cheguei em casa. Ela estava com um livro no colo, mas não estava lendo. Apenas olhava para a parede.

— Ei, garota — eu disse. — Estou em casa.

Ela lentamente virou seu olhar para mim. Sua perna ainda estava se mexendo, mas seu sorriso tinha sumido. — Eu queria que a queda tivesse me matado.

— McKale...

Os olhos dela se encheram de lágrimas. — Essa é minha nova vida, me arrastando pela casa, presa a essa cadeira.

Pus meus braços ao redor dela.

— Dê algum tempo.

Ela olhou para baixo. — Desculpe, eu não me sinto bem — disse ela, baixinho. — Acho que estou com febre.

Eu a beijei na testa e senti o calor nos meus lábios. A pele dela estava úmida e muito quente.

— Você está queimando. Por que não me ligou?

— Você tem tanto trabalho, eu não queria incomodá-lo.

— Ora, vamos, Mickey. É melhor checar sua temperatura. Onde guardamos o termômetro?

— Fica lá embaixo, no armário do quarto de hóspedes.

Eu peguei o termômetro e o segurei embaixo da língua dela. Ela estava com quarenta graus de temperatura.

— Você está quente. É melhor eu ligar para o médico — eu disse.

Não consegui encontrar a doutora Hardman, mas o médico de plantão me disse para levá-la ao hospital. Quarenta e cinco minutos depois, eu dava entrada com McKale de volta na emergência do Overland. A equipe checou os sinais vitais, pressão arterial e temperatura, colheu amostras de sangue e urina. Sua febre tinha subido para 40,5°.

Em meia hora, o doutor Probst, um ruivo parrudo de cinquenta e poucos anos, a transferiu da emergência para a UTI, onde eles recolocaram os tubos nos braços e um intravenoso direto na jugular, para ministrar os antibióticos. A equipe se movimentava de forma silenciosa e urgente, e, quanto mais eu observava, mais preocupado ficava. Fiquei ao lado de McKale o tempo todo, segurando sua mão. Ela falou muito pouco, embora gemesse ocasionalmente. Quando o movimento diminuiu um pouquinho, o médico me chamou para conversar lá fora.

— É o parceiro dela? — perguntou ele.

— Sou seu marido. O que está havendo?

— Parece que sua esposa está com uma infecção urinária devido ao uso do cateter. Infelizmente, ela está séptica. — Ele me olhou como se estivesse esperando que eu assimilasse a gravidade de suas palavras.

— O que isso significa? Vocês lhe darão mais antibiótico?

Ele me olhou sério.

— Isso é extremamente grave. Nós podemos perdê-la.

— Perdê-la? É só uma infecção.

— Infecções nunca são tão simples, principalmente quando o corpo já está enfraquecido. Quando chegam a esse estágio, são muito perigosas.

— Então, o que fazem?

— Nós aumentamos o antibiótico. Administramos uma dose bem forte. Agora vamos monitorar cuidadosamente e esperar para ver se o corpo reage. Nós também a sedamos. Uma febre tão alta pode ser muito desconfortável.

Eu passei a mão nos cabelos.

— Não posso acreditar nisso. Hoje de manhã nós estávamos comemorando. A perna dela estava se mexendo. Nós achamos que ela estivesse recuperando os nervos.

— Foram espasmos musculares involuntários — disse ele. — Isso é causado pela infecção. — Ele estava com uma expressão apreensiva nos olhos, o que me fez pensar que talvez estivesse escondendo algo. — Eu só quero que esteja preparado. — Ele tocou meu ombro, se virou e saiu. Fiquei olhando ele se afastar, depois caminhei até o banheiro masculino. Era um banheiro individual, tranquei a porta, me ajoelhei no chão de ladrilhos e comecei a rezar.

— Deus, se estiver aí, eu lhe darei qualquer coisa. Apenas poupe a vida dela. Eu lhe imploro, não a tire de mim. — Fiquei ajoelhado por mais dez minutos até que alguém tentou abrir a porta.

Quanto mais se pode ser humilde, eu pensei. Ajoelhar no chão de um banheiro público. Deus certamente ouviria minha prece. Mas a verdade é que eu estava rezando para nada. Eu podia estar até rezando para o mictório. Levantei e voltei para o lado de McKale. Ela parecia mais pálida.

— O que foi que ele disse? — perguntou ela, baixinho.

Eu não queria assustá-la. — Ele disse que é só uma pequena infecção.

— Não parece tão pequena... — disse ela, fazendo uma careta. Ela ergueu os olhos para mim. — Você deve estar tão cansado disso tudo.

Eu peguei a mão dela. — Estou cansado de ver você passar por tudo isso.

— Não vai demorar muito — disse ela.

Olhei-a, intrigado. — O que você quer dizer?

Ela fechou os olhos. — Fique perto de mim.

CAPÍTULO
Quinze

Não se engane.
As coisas sempre podem piorar.

Diário de Alan Christoffersen

Os analgésicos fizeram seu papel e McKale dormiu por mais três horas. Sua temperatura caiu novamente para quarenta graus, mas não baixou mais que isso. Tudo mais parecia igual, o que eu suponho ter sido uma bênção mista.

Foi por volta das nove horas que ela abriu os olhos. Eles estavam pesados por causa da febre. Ela tentou falar, mas suas palavras estavam embaralhadas e, em princípio, eu não consegui entendê-la. Levei o ouvido ao lado de sua boca.

— O que você disse?

A voz dela era só um sussurro. — Orcas Island.

Eu a olhei intrigado. — O quê?

— Era para lá que eu ia levá-lo.

Orcas Island é a maior ilha do arquipélago de San Juan, localizado na costa nordeste de Washington. Nós comemoramos a minha formatura da faculdade lá, ficamos numa pousada de uma fazenda restaurada. Era uma das minhas lembranças mais queridas. Eu nunca fui mais feliz, nem me senti mais apaixonado.

— Sabe quando eu soube que ia me casar com você?

— Quando?

— Naquele dia na casa da árvore. Você disse que nunca me deixaria. — Ela franziu as sobrancelhas, provavelmente mais por dor do que concentração. — Você se lembra?

— Sim.

Ela engoliu. — Você nunca me deixou.

— E jamais deixarei.

Depois de um momento, ela disse: — Eu vou deixar você. — Olhei no seu rosto. Seus olhos estavam cheios de lágrimas.

— Não fale assim, McKale.

— Prometa-me...

— Não faça isso, Mickey...

— Por favor. Prometa-me duas coisas.

Meu coração estava disparado. — O quê?

— Não me deixe.

— Eu nunca vou deixá-la. Você sabe disso.

Ela engoliu. — Eu não quero morrer sozinha.

As palavras dela fizeram uma onda gélida percorrer meu corpo. — Mickey, não diga isso. Você não vai morrer.

— Desculpe.

— Você vai vencer isso. Nós vamos vencer isso.

— Está bem, está bem. — As palavras dela pareciam mais suspiros. Ela fechou os olhos novamente. Alguns minutos depois, uma enfermeira entrou. Ela olhou os monitores e franziu o rosto.

— O que está havendo? — eu perguntei.

— A pressão está caindo.

— O que isso significa?

Ela hesitou. — Vou chamar o médico. — E saiu da sala.

Um minuto depois, McKale abriu os olhos, mas não me olhou e não falou.

— Você não pode me deixar, Mickey. Não posso viver sem você. — Ela silenciosamente olhou nos meus olhos. — Se ao menos eu tivesse ficado em casa quando você queria, nós não estaríamos aqui.

Ela pegou minha mão, da melhor forma que pôde.

Uma lágrima escorreu em meu rosto e rapidamente a limpei. Olhei para o seu rosto. — Mickey. Qual era a outra coisa?

Ela não respondeu.

— Você disse que queria que eu prometesse duas coisas.

Qual é a outra coisa?

Ela abaixou os olhos por um momento, engoliu, depois apertou os lábios, lentamente os movimentando. Eu levei o ouvido ao lado de sua boca. — O que, meu bem?

A palavra pareceu uma expulsão. — Viva.

Eu recuei e olhei nos olhos dela, depois ela os fechou. A enfermeira voltou, junto com o médico. — Por favor, o senhor terá de se afastar — disse o médico.

O médico deu uma injeção em McKale, através do soro intravenoso e pegou o tubo respirador e cuidadosamente inseriu na boca de McKale até a garganta. Minha mente estava girando. Essas coisas não deveriam estar acontecendo. Seu corpo estava apagando. Eu não me lembro da sequência exata dos acontecimentos. Eles chegavam a mim como um sonho, em que o tempo mudava de cena e as frases soltas pendiam no ar.

— Ela está em choque.

— Ainda está caindo.

— O batimento cardíaco está caindo.

O movimento no quarto continuou numa dança frenética. McKale começou a respirar de um jeito diferente, com longas inaladas e grandes pausas entre elas.

— Deficiência respiratória.

Então, surgiu o som mais aterrorizante de todos. Um bipe longo e alto, entrando na cacofonia.

— Ela está tendo uma parada cardíaca.

O médico fazia os primeiros socorros freneticamente. Depois de um minuto, ele gritou:

— Desligue esse troço. — O som parou. Ele continuou pressionando o peito dela.

Sete minutos depois, a dança parou. Minha melhor amiga faleceu à 0h48. A última coisa que eu disse a ela foi:

— Eu te amo, Mickey. Sempre amarei.

CAPÍTULO

Dezesseis

Está tudo perdido.

Diário de Alan Christoffersen

Uma assistente social entrou e ficou parada ao meu lado. Não sei quanto tempo ela ficou ali. Não a vi entrar. De início, ela não falou. Só ficou ali. Sem erguer os olhos, eu disse:

— Ela se foi.

CAPÍTULO
Dezessete

Eu daria qualquer coisa para tê-la de volta.
Qualquer coisa. Mas não tenho nada com
que barganhar. Nem mesmo a minha vida.
Principalmente a minha vida. O que poderia
valer uma vida tão arruinada como a minha?

Diário de Alan Christoffersen

Os dois dias seguintes se passaram como um desfile de acontecimentos nebulosos. O pessoal da funerária praticamente me arrastava — um participante contrariado numa produção indesejada. Eu me lembro da forma mecânica com que meu pai agiu após o falecimento de minha mãe. Minha condenação passou. Agora era eu, participando mecanicamente das minúcias da morte: escolhi um caixão, uma lápide, escrevi o obituário de McKale, assinei papéis e escolhi o vestido com o qual ela seria enterrada — um vestido preto de chiffon bordado que fechava na frente. Ela tinha usado essa roupa na premiação da WAF, em janeiro último. Era a mulher mais bonita da festa.

Para mim, ficou muito claro como eu tinha me fechado para todas as outras pessoas da minha vida. Fora um ou outro, McKale e eu não tínhamos amigos de verdade e as únicas pessoas com quem nos sociabilizávamos estavam em nossa folha de pagamentos. Nunca achei que precisaria de mais ninguém. Eu estava errado.

Sam chegou na tarde de quinta-feira, com Gloria, madrasta de McKale. Eu os encontrei na funerária. Sam desabou ao vê-la.

— Minha menininha — ele dizia, aos pratos. — Minha menininha.

Meu pai chegou dois dias depois, na véspera do enterro. De seu jeito habitual, ele disse pouca coisa, fato pelo qual, francamente, fiquei grato. Eu podia vê-lo sofrendo por mim e isso era o suficiente. Ele ficou comigo e dormiu no quarto de hóspedes do andar de baixo.

✦

Choveu aquela noite inteira e eu fiquei sentado na cozinha, ouvindo um milhão de pingos batendo na terra. Não havia como dormir. Meu pai entrou na cozinha às três da manhã. Eu estava sentado junto à mesa, com uma xícara de café frio descafeinado à minha frente, olhando o nada.

— Também não consegui dormir —disse ele. — Importa-se se eu ficar com você?

Eu sacudi a cabeça.

Ele puxou uma cadeira e ficou de frente para mim. Por um instante, nós ficamos sentados em silêncio. Depois ele limpou a garganta.

— Quando sua mãe morreu, eu senti como se meu corpo tivesse sido amputado. A metade que tinha o coração. No começo, eu não tinha certeza se conseguiria seguir em frente. Francamente, não tinha certeza de porque eu ia querer. — Ele me olhou ternamente. — Não sei o que teria feito se não tivesse você. Eu não podia me dar ao luxo de desmoronar.

— McKale queria ter filhos — eu disse. — Mas eu sempre dizia que precisávamos esperar. — Esfreguei os olhos. A presunção do amanhã.

Meu pai não teve resposta e minhas palavras foram silenciando.

— Você quer voltar para casa por um tempo?

Eu sacudi a cabeça.

— Não.

— Como vai indo o seu negócio?

— Nada bem.

— Talvez você deva se atirar nisso por um tempo.

Eu não disse nada.

— Pai.

— Sim?

— Como foi que você fez?

— Eu não tenho a menor ideia. — Demorou um tempo, até que ele me olhasse. — Eu te amo, filho.

— Eu sei.

Alguns minutos depois, ele voltou para o seu quarto. Eu abaixei a cabeça na mesa e chorei.

CAPÍTULO
Dezoito

Meu coração foi enterrado com ela. Eu ficaria satisfeito se o restante de mim também fosse. Por mais que pense nisso, não vejo como evitar a dor. A única forma de tirar a dor da morte é tirar o amor da vida.

✦ Diário de Alan Christoffersen ✦

Na manhã seguinte ainda estava chovendo. Tomei banho, me barbeei e me vesti no piloto automático. Enquanto me olhava no espelho, eu disse:

— Deus te odeia. — Era a única explicação para minha vida. Eu tinha amado duas mulheres e Ele me tirou ambas. Deus me odiava. O sentimento era recíproco.

Às 10h45 meu pai e eu fomos de carro até a funerária. Houve um velório de uma hora antes do enterro. Eu fiquei em pé, ao lado do caixão aberto com o corpo imóvel da mulher que amei. Déjà-vu. Quando fecharam a tampa, tive vontade de gritar de desespero. Eu queria entrar ali dentro com ela.

A cerimônia foi simples.

— Bacana — ouvi alguém dizer. Bacana. É como descrever um acidente aéreo como bem executado. A cerimônia foi conduzida por um empregado da funerária e um pastor, também contratado pela funerária, que compartilharam algumas palavras. Não me lembro do que ele disse. Minha mente estava nebulosa. Algo sobre a natureza eterna do homem. Gloria, madrasta de McKale, uma ex-cantora de ópera, cantou um hino, *How great thou art*, em seguida, o pai de McKale disse algumas palavras, ou pelo menos tentou. Ele mais chorou ao fazer a homenagem. Houve uma prece, depois o homem da funerária deu instruções para os procedimentos do enterro.

O pai de McKale e quatro de seus amigos carregaram o caixão, junto com meu pai. Eles o levaram até o carro funerário, colocaram na traseira e caminharam até seus carros. Nós dirigimos em procissão por menos de dois quilômetros, onde os carregadores novamente pegaram o caixão e o levaram até um pequeno outeiro.

Depois que os carregadores pousaram o caixão, tiraram as flores que traziam na lapela e as colocaram sobre a tampa. Sam veio até mim.

— Eu a carreguei quando ela era pequenina. Nenhum pai deveria ter de passar por isso.

O túmulo de McKale ficava no centro do cemitério de Sunset Hills, cercado por sepulturas bem mais antigas. A funerária tinha armado uma cobertura de lona que abrigava a família da chuva, enquanto o restante permanecia sob seus guarda-chuvas. A chuva não parou em momento algum. Caía continuamente e depois virou um temporal, já no fim do enterro, fazendo com que todos voltassem correndo para os seus carros.

✦

Quando a aglomeração começou a se dispersar, uma mulher mais velha lentamente se aproximou de mim. Eu tinha certeza de nunca a ter visto, embora algo parecesse estranhamente familiar. Ela estava muito abalada. Seus olhos estavam vermelhos e inchados e seu rosto, molhado de lágrimas. Quando chegou mais perto, ela disse:

— Eu sou Pamela.

Eu a olhei sem entender. — Desculpe. Eu a conheço?

— Sou a mãe de McKale.

Eu pisquei confuso. — McKale não tem... — Subitamente, entendi. Eu sempre achei que a mãe dela estivesse morta. Vê-la, me fez lembrar de cada momento doloroso que McKale sentiu, desde o dia em que a conheci. O fato de ela estar ali agora me encheu de ódio. Com toda a emoção contida, fiz tudo o que pude para não explodir. — O que quer?

— Eu sempre disse a mim mesma que algum dia eu explicaria tudo a ela. Esse dia simplesmente nunca chegou.

— A presunção do amanhã — eu disse, obscuro.

— Desculpe?

Eu esfreguei o nariz. — Tem alguma ideia do quanto a magoou?

Pude ver como minhas palavras a feriram profundamente. — Eu lamento.

Por um instante, eu simplesmente olhei seu rosto cansado e enrugado. — Deixou de estar com alguém muito especial. McKale era uma linda mulher. Por mais que lamente a minha perda, lamento ainda mais a sua.

Os olhos dela se encheram de lágrimas. Ela se virou e foi embora.

Alguns minutos depois, Sam veio até mim.

— Você conheceu Pamela. — Eu assenti. Ele pôs os braços à minha volta, mergulhando a cabeça em meu ombro. — Você sabe o quanto McKale o amava? Você era o mundo dela.

— Ela era o meu — eu respondi. Nós dois choramos.

— Mantenha contato — disse ele. Gloria pegou o braço dele. — Se precisar de qualquer coisa, Alan.

— Obrigado.

Eles caminharam de braços dados, descendo a colina, até o carro.

Meu pai veio até mim. Ele estava segurando um guarda-chuva.

— Está pronto, filho?

Eu sacudi a cabeça. — Não posso deixá-la.

Ele concordou, compreensivo.

— Vou pegar uma carona com o Tex. — Ele me ofereceu seu guarda-chuva, mas eu só sacudi a cabeça. Ele pôs a mão em meu ombro, depois saiu andando, lentamente.

Eu o observei cuidadosamente descendo a colina. Ele tinha envelhecido muito nos últimos anos. Sempre tive problemas com meu pai. Eu sei, quem não tem? Parece que culpar nossos pais pelos nossos problemas é o passatempo predileto. Mas, naquele momento, eu não sentia nada além de compaixão. Ele também passara por isso. E, de alguma maneira, sobreviveu. Ele era um homem melhor que eu.

✦

Enquanto todos partiam, fiquei ao lado da sepultura, com a chuva me encharcando completamente. Eu não ligava. Não tinha nenhum outro lugar onde preferia estar. Meia hora depois, somente outra pessoa permanecia ali. Falene veio até mim.

— Venha, Alan.

Eu não me mexi.

Ela tocou meu braço. — Venha, meu bem. Você está todo molhado. Vai ficar doente.

Eu me virei e olhei para ela, com o rosto mais encharcado de lágrimas do que de chuva. Naquele momento, rompeu o dique emocional.

— Eu não posso deixá-la...

Falene passou os braços à minha volta e me puxou para junto dela. Ela me abraçou na chuva. Simplesmente disse, repetidamente:

— Eu sinto muito, sinto muito.

Não sei quanto tempo ficamos ali. Uma eternidade. Mas, quando eu já não conseguia mais chorar, olhei nos olhos dela. Ela também estava chorando.

— Venha comigo, por favor. — Ela pegou minha mão. — Eu vou cuidar de você.

Ela me levou até seu carro, abriu a porta do passageiro e eu entrei. Esticou-se e pegou meu cinto de segurança, cruzando-o por cima do meu peito. Levou-me até seu apartamento. Nenhum de nós falou durante o caminho.

CAPÍTULO
Dezenove

É nas horas mais sombrias que a luz
da amizade brilha mais reluzente.

Diário de Alan Christoffersen

Quando chegamos a seu condomínio, Falene encostou o carro sob uma cobertura, o contornou e abriu minha porta. Seu prédio tinha quatro andares e seu apartamento ficava no térreo, descendo um lance de escada. Ela destrancou a porta e empurrou-a.

— Entre — disse ela.

O pequeno apartamento estava escuro, as cortinas estavam meio fechadas e só entrava um pouquinho de luz pela abertura. A sala cheirava a pó de café.

Falene me ajudou a tirar o casaco, pendurou-o numa cadeira, depois tirou o dela. Acendeu a luz, em seguida pegou minha mão e me levou até um pequeno sofá de veludo.

— Vou fazer um chá quente. Aqui está aquecido o suficiente para você?

Eu assenti, embora nem tivesse pensado nisso. Eu não tinha certeza do motivo de estar ali, nem porque ela me trouxera para sua casa. Minha experiência com modelos mostrava que elas só pensavam em si mesmas. Falene era diferente. Na agência, Falene sempre cuidou de mim, mas eu achava que era porque era paga para isso. Nunca me ocorreu que ela realmente fosse cuidadosa.

Falene foi até seu quarto e voltou quando a chaleira começou a apitar. Ela tinha mudado de roupa, estava de jeans e um suéter. Entregou-me uma toalha, tirou a chaleira do fogo e serviu-me uma xícara.

— Espero que você goste de chá de ervas. Este é de hortelã com laranja. Acho que irá confortá-lo. Quer açúcar?

Eu assenti.

Ela colocou uma colher cheia, mexeu e me trouxe a xícara, depois se sentou ao meu lado. Por um instante, nenhum de nós falou. Em seguida eu disse:

— Você é a única amiga que tenho.

Ela franziu o rosto. — Não. Você tem muitos amigos.

— Não tenho, não. Só a McKale. Ela era tudo que eu queria.

— Tomei um gole de chá e pousei a xícara. — Por que você tem sido tão boa comigo?

Ela sorriu, triste. — Porque você é um homem maravilhoso.

Ela olhou para baixo. — Eu sei que você não sabe muito sobre mim. Mas, quando fui trabalhar na Madgic, realmente não achei que fosse ficar muito tempo. Kyle me convenceu a ir, pois isso é o que ele faz. Convence as pessoas a fazer coisas, mas eu não sentia que ali era meu lugar. Não confiava nele, mas confiei em você quase imediatamente. Você fez com que eu me sentisse importante. No momento em que eu estava num relacionamento sem saída.

— Carl — eu disse.

Ela se retraiu ao ouvir o nome. — Ele só me usou. Uma parte de mim não se importava com isso. Eu simplesmente achava que aquela era a forma como todos os homens tratavam as mulheres. — Ela me olhou com uma expressão dolorosa. — Então conheci você. Independentemente do quanto estivesse ocupado, sempre atendia às ligações de McKale. E mesmo quando estava estressado, ou algo ruim tinha acontecido, sempre era tão meigo com ela. Quando ela ia até a agência, você a tratava como uma rainha. No começo, eu não podia acreditar que aquilo fosse real. Nunca tinha visto um homem tratar uma mulher daquele jeito, a menos que quisesse algo dela. Você era tão bom para ela, me mostrou o que é o verdadeiro amor.

— Lembra-se daquela conversa que tivemos quando estávamos nos preparando para a convenção de Denver?

— Qual? — eu perguntei.

— Você disse: "Você pode conhecer muito um homem observando a forma como ele trata as pessoas que não precisa agradar". Eu vi que você não falou por falar. Lembro-me daquela vez, depois das fotos com a Coiffeur, quando a garçonete derrubou Coca em você. Carl teria gritado com ela até que ela chorasse. Você não ficou contente, mas tratou-a com respeito. Percebi que estava me contentando com tão pouco quando poderia ter muito mais. Você é o motivo pelo qual terminei com Carl e foi a melhor coisa que fiz. Você me salvou de mim mesma. — Eu não disse nada. Ela pegou minha mão.

— McKale uma vez me disse que você era o ar que ela respirava. Achei aquilo a coisa mais linda que eu já tinha ouvido.

Ela me olhou, depois disse:

— Venha aqui. — Eu pus a cabeça em seu ombro e ela passou os braços ao meu redor. — Eu lamento, meu amigo. Gostaria de tirar a sua dor. — Ela ficou abraçada comigo até que eu parasse de chorar. Depois colocou um travesseiro. — Apenas descanse um pouco.

Foi a última coisa que lembro Falene ter dito antes de eu dormir. Passava um pouco das oito quando acordei, na manhã seguinte. Eu dormi no sofá e Falene tirou meus sapatos e me cobriu com um cobertor de lã. Havia um bilhete na mesinha de centro.

"Alan, tive de ir a uma sessão de fotos. Pedi a um amigo que fosse comigo até o cemitério pegar sua van. Está estacionada lá embaixo. As chaves estão na mesa. Estarei de volta lá pelas duas. Fique à vontade. Tem café na cafeteira e alguns biscoitos Pop-Tarts (eu sei que você gosta). Se precisar ir embora, eu vou entender. Por favor, me ligue. Eu me importo com você.

Amor,
Falene"

Eu calcei os sapatos e peguei as chaves na mesa. Escrevi "Obrigado" no bilhete dela. Fui para casa.

CAPÍTULO
Vinte

Em todos os atos, há um momento em
que não há como voltar atrás: um passo
rumo ao precipício, o dedo apertando o gatilho
e o martelo caindo, a bala partindo do
tambor, incontrolável...

Diário de Alan Christoffersen

Voltar à casa vazia foi mais difícil do que achei que seria. Que poderia ser. A dor parecia aumentar conforme eu me aproximava. A duas quadras da minha casa, eu quase não conseguia respirar. Fiquei com raiva de mim mesmo. — Componha-se, cara.

Meu pai já havia voltado para casa. Ele deixou um bilhete na mesa da cozinha. Dizia apenas: "Voo das oito. Ligue quando puder".

Andei pela casa sem ter certeza do que deveria fazer. Não que não tivessem coisas a ser feitas. A casa estava um desastre. Tinha louça na pia, cestos transbordando de roupa, embalagens de comida para viagem sobre as bancadas. Ainda havia pilhas de correspondência sem abrir e jornais.

Primeiro me deitei, mas não consegui me sentir aliviado, então resolvi lavar roupa. Quando peguei uma das camisetas de McKale, levei-a ao rosto. Ainda sentia o cheiro dela.

Naquela tarde, o carteiro veio até minha porta. Ele estava com uma prancheta e uma carta registrada.

— Precisa assinar — disse ele.

— O que é?

— Carta registrada. Eu só preciso que assine dizendo que recebeu. Bem aqui. — Ele apontou uma linha curta. Eu assinei para que ele fosse embora. Fechei a porta, depois abri o envelope. Era uma notificação do banco, informando que minha casa tivera a hipoteca executada e iria a leilão na próxima quinta-feira. Eu soltei a carta no chão. Honestamente, nem ligava. O mundo já tinha desabado sobre mim; que importância teria se mais alguns tijolos caíssem?

Não comi naquela noite. A ideia de pôr comida na boca me dava ânsia de vômito. Falene ligou por volta das oito, mas eu não consegui atender ao telefone. Nem para ela. O pesar tinha se instalado ao meu redor, como um nevoeiro. Ao cair da noite, meu coração estava disparado como uma luta de boxe, e havia dois homens dentro de mim lutando pela posse do meu futuro.

No canto azul, de short branco, está a VIDA. E no canto vermelho, de short preto, está a MORTE.

A luta tinha começado antes mesmo que eu percebesse. Provavelmente, no momento em que vi McKale pela primeira vez na cama do hospital.

Depois de nove rounds, a MORTE estava levando vantagem, sem mostrar nenhuma piedade da VIDA. Golpes constantes deixaram a VIDA girando. A VIDA já não era mais a ganhadora presunçosa do cinturão que semanas antes desfilava como campeã. A VIDA tinha perdido suas pernas. Estava nas cordas. A MORTE sentia a vitória e entrava com tudo para a matança. Era implacável, dando um soco atrás do outro. É doloroso assistir, pessoal. A VIDA está tomando uma surra, cansada e tonta demais até para bloquear os golpes.

A multidão sente o sangue e ruge. Ela não liga para quem ganhar, só quer uma boa luta.

Às duas da manhã, a batalha chegava aos últimos rounds. Eu estava sentado, junto à mesa da cozinha, segurando dois frascos fechados dos remédios de McKale — oxycodone e codeína —, o suficiente para terminar a luta. Na mesa, à minha frente, havia algo que ajudaria a descer — uma garrafa aberta de Jack Daniel's.

Ironicamente, nos meus primeiros meses de agência de propaganda, eu fiz alguns trabalhos voluntários para a Associação de Prevenção ao Suicídio de Seattle. As palavras que escrevi para o comercial de rádio ainda ressonavam em mim:

Suicídio — uma solução permanente para um problema temporário.

Um slogan capcioso, mas as palavras me pareciam vazias. Não havia nada de temporário na morte de McKale. Eu tinha perdido tudo. Meu negócio, meus carros, minha casa e, acima de tudo, meu amor. Não havia sobrado nada — nenhuma razão para viver, exceto a aversão humana natural à morte. Mas até isso estava minguando. Eu podia sentir que ela estava sendo empurrada pela dor opressora, o desespero e a raiva. Raiva da vida. Raiva de Deus. Acima de tudo, raiva de mim mesmo.

Olhei para os comprimidos. O que eu estava esperando? Estava na hora de seguir em frente com aquilo. Hora do show. Despejei os comprimidos na mão.

Estava prestes a passar do ponto sem volta quando algo aconteceu. Algo como nada que eu já tivesse passado antes. Algo que acredito ter vindo de Deus — ou parte de Seu mundo.

Quando eu era pequeno, minha mãe me ensinou sobre Deus. Ela era uma grande fã — mesmo quando estava morrendo. *Principalmente* quando estava morrendo. Ela rezava, não como fazem alguns, repetindo um escrito ou cântico, ou gritando para o universo vazio, mas como se Ele de fato estivesse na mesma sala. Havia momentos, durante suas preces, em que eu abria os olhos e olhava em volta, para ver com quem ela estava falando.

Naquele exato momento, numa fração de tempo, antes que eu cruzasse a linha, alguém falou comigo. Não sei se as palavras foram audíveis, já que pareceram vir de minha mente e para minha mente, mas vieram com uma autoridade muito maior que a minha mente podia ter. Apenas sete palavras. Sete palavras que me deixaram gélido.

A vida não é sua para ser tirada.

Minha primeira reação foi olhar em volta, para ver quem tinha falado. Quando percebi que estava realmente sozinho, soltei os comprimidos no chão. Então, outra voz veio a mim. Uma voz mais suave. A voz do meu amor.

— Viva.

Pela primeira vez, eu entendi inteiramente a promessa que McKale me pediu para fazer. Ela me conhecia. Sabia que eu não ia querer viver sem ela.

Eu caí de joelhos e comecei a chorar. Não me lembro do que aconteceu depois disso. Não me lembro de nada.

CAPÍTULO
Vinte e um

Eles não levaram minha casa, só os tijolos e pilares que um dia a abrigaram.

Diário de Alan Christoffersen

Na manhã seguinte, acordei com o barulho de alguém abrindo a porta. A casa estava escura. Embora o sol tivesse nascido, o céu era um teto cinzento, típico dessa época do ano. Pelo menos não estava mais chovendo.

A porta foi aberta antes que eu pudesse levantar. Um homem bem-vestido, com um terno cinza de lã, camisa branca e gravata vermelha, caminhou pelo hall, seguido por duas mulheres mais velhas. Eles acenderam a luz.

Uma das mulheres me viu primeiro. — Minha nossa.

A outra virou-se e me olhou, conforme cambaleei para ficar de pé. Ali estava eu, desgrenhado e com a barba por fazer, uma garrafa de birita na mesa e comprimidos espalhados pelo chão. As mulheres me olharam temerosas.

— Desculpe — disse o homem, parecendo mais irritado do que lamentoso —, nos foi dito que a casa estava vazia.

— Não está — eu disse.

— Claramente. —O homem enfiou a mão no bolso do casaco e tirou um cartão de visitas. Ele veio em minha direção e ofereceu o cartão. — Sou Gordon McBride, do Pacific Bank. O senhor tem ciência de que a casa foi tomada.

Não peguei o cartão. — Vocês não perdem tempo, não é?

Ele pareceu desconfortável. — É como dizem. Tempo é dinheiro.

— Não é.

— Podemos voltar mais tarde — disse uma das mulheres.

— Não, tudo bem — eu disse. — Fiquem à vontade. Ainda estou pegando minhas coisas. A casa está uma bagunça.

Eles caminharam até a sala. Eu me abaixei e catei os comprimidos e pus de volta nos frascos, depois fui até meu quarto, enquanto eles andavam pelo restante da casa. Tomei banho e me vesti. Antes de saírem, o senhor McBride me achou. — Quando pretende se mudar?

Eu me senti como um intruso em minha própria casa. Tecnicamente, acho que eu era.

— Breve — eu respondi. — Muito em breve.

Eu estava falando sério quanto a ir embora. Mal podia esperar para sair. Sem McKale, esse já não era meu lar. Eu não sentia mais ligação com aquela casa do que sentia pela biblioteca pública. A gora que tinha sido oficialmente reivindicada por outros, era hora de partir. A única questão era para *onde*?

CAPÍTULO
Vinte e dois

Eu acredito que, apesar das correntes com
as quais nos prendemos, ainda existe
uma parte primordial da psique
humana que quer vagar livremente.

✦ Diário de Alan Christoffersen ✦

A primeira centelha de ideia me veio quando eu vi o homem do banco dar ré em seu Audi prateado, saindo da minha garagem. Naquele momento, um dos meus vizinhos idosos passou, o senhor Jorgersen, que morava três casas abaixo. Ele estava vestindo um casaco de poliéster azul-claro e chapéu de palha e tremia conforme andava. Não sei por que vê-lo deu origem ao que pensei — quem pode saber de onde vêm as ideias? Naquele momento, ficou claro para mim o que eu tinha de fazer. Talvez fosse a única coisa que me restava fazer. Eu precisava ir para longe, caminhando.

Vendo hoje retrospectivamente, aquela não foi a primeira vez que eu pensei em caminhar uma longa distância. Quando eu tinha quinze anos, li um livro sobre um cara que atravessou a América andando e, desde então, eu secretamente quis seguir seus passos. Literalmente.

Acho que não estou sozinho nessa fantasia. Acredito que, apesar das correntes com as quais nos prendemos, existe uma parte primordial da psique humana que ainda é nômade e quer vagar livremente. Vemos a prova disso nos aborígenes caminhantes australianos e no espírito caminhante dos americanos nativos. Também podemos perceber isso observando cautelosamente nossa própria cultura, vindo à tona em nossa literatura e música, cada geração acredita ter descoberto o novo sonho.

Mas não é novo. Toda geração sonhou em vagar. No fundo de nossos corações, todos queremos caminhar livres.

Talvez não todos. Quando eu disse a McKale sobre meu desejo secreto, ela disse:

— Eu, não. Prefiro voar.

— Mas aí você perderia tudo — eu disse.

— Tudo não. Só as coisas tediosas.

— Não, as coisas verdadeiras. A América verdadeira. As cidadezinhas com nomes como Chicken Gristle e Beaverdale.

— Certo — disse ela. — As coisas tediosas.

Eu pressionei. — Você está me dizendo que realmente nunca quis apenas fazer a mala e sair andando?

— Nunca. Mas mantenha seu sonho, seu tolo maluco.

Uma citação de um dos meus comediantes prediletos me veio à mente: "Qualquer lugar está a uma distância alcançável, a pé, se você tem tempo".

Isso era tudo que me restara. Tempo. Muito mais do que eu queria. Peguei o atlas rodoviário e abri o mapa continental americano sobre a mesa da cozinha. Estudei por um momento, depois mexi nas gavetas da cozinha, procurando um barbante. O mais parecido que achei foram cadarços de sapato. Abri o pacote e coloquei a ponta plástica do cadarço na cidade de Bellevue, depois o estiquei para o lado oposto do mapa, deslocando-o acima e abaixo, na costa leste, para determinar o ponto mais distante alcançável, a pé. Key West, Flórida. Key West era o mais longe que eu poderia ir, a partir de onde eu estava. Era até lá que eu iria caminhar. Uma hora mais tarde, liguei para Falene.

Ela ficou aliviada ao ter notícias minhas.

— Você está bem?

— Sim. Desculpe não ter ligado.

— Tudo bem. Eu só fiquei preocupada.

— Preciso lhe pedir um favor.

— Qualquer coisa.

— Esse é um favor grande. Preciso que você feche tudo.

Venda tudo na agência, os móveis, computadores, tudo. Coloque no eBay, ou Craigslist. Vou te mandar uma mensagem de texto com uma conta bancária para depositar o que você conseguir levantar.

— E quanto às suas coisas pessoais?

— Não me importo. Fique com o que quiser. Jogue o resto no lixo.

— E os seus prêmios?

Os *prêmios*. Meus ídolos dourados. — Jogue fora.

— O quê?

— E também tem as coisas da minha casa. Os móveis.

— Mas você precisa.

— Não preciso mais. O banco tomou minha casa. — Falene gemeu.

— Tem mais de cem mil dólares de móveis e tralha aqui dentro. Acho que você pode colocar tudo no eBay, ou algo assim.

— Minha tia tem uma loja de móveis em consignação — disse Falene. — Eles podem mandar o caminhão aí.

— Ótimo. Devolva a van à locadora. — Eu parei. — E tem a Cinnamon... — Cinnamon era a égua de McKale. — Apenas veja se o dono do estábulo quer ficar com ela.

— Eu compreendo — disse ela.

— Pode ficar com metade do que você levantar, apenas deposite o restante na minha conta.

— Onde você estará?

— Vou dar uma caminhada.

— Para onde?

— Key West.

Por um instante, ela não disse nada. Acho que estava tentando concluir se eu estava ou não brincando. — Você quer dizer na Flórida?

— Sim.

— Você vai caminhar até Key West, na Flórida — disse ela, incrédula. — Por quê?

— É o lugar mais distante daqui para onde posso ir andando.

— Parece que você está falando sério — disse ela, tristemente. — Quando vai partir?

— Esta tarde. Assim que eu terminar de arrumar minhas coisas.

— Preciso vê-lo antes que você vá. Posso chegar aí em 45 minutos. Não saia antes que eu chegue aí. Prometa.

— Vou esperar — eu disse.

— Já chego aí. Não saia — disse ela, novamente, e desligou.

Eu liguei para Steve, meu contador. E o instruí a pagar todas as nossas contas, depois pedir o fechamento de nossa empresa e de todas as contas bancárias, transferindo qualquer dinheiro extra para minha conta pessoal. Ele ficou desapontado por perder nosso negócio, mas não tão surpreso. Com tudo que havia acontecido no último mês, qualquer coisa era possível.

Repassamos os recebíveis pendentes da agência, em seguida dei a ele o telefone de Falene, caso tivesse algum problema. Agradeci pelos serviços e disse-lhe que voltaria a entrar em contato em alguns meses. Suas últimas palavras de conselho foram: — Use filtro solar.

Falene chegou em uma hora. Pude notar que ela havia chorado. Nós nos abraçamos, depois andamos pelos cômodos falando sobre os móveis. Realmente não havia nada que eu não pudesse abandonar. Terminamos no foyer.

— Então, você vai me ajudar?

— Sim. Mas metade é muito. Vou apenas tirar o meu salário.

— Vai ser muito trabalho. Você terá que contratar alguém para ajudá-la.

— Vou chamar meu irmão. Ele não tem emprego.

Eu entreguei a ela outro pedaço de papel.

— Aqui está o número de minha conta bancária. Falei com Steve apenas alguns minutos atrás e ele vai fechar as contas jurídicas e transferir o saldo para essa conta também. Eu lhe disse que se tivesse qualquer dúvida poderia ligar para você. Tudo bem?

— É claro.

Olhei-a nos olhos. — Você tem certeza de que pode fazer isso?

— É claro. Agora eu sou vice-presidente, lembra?

Eu a olhei de lado. — Mas tem certeza de que quer fazer?

— Tenho certeza de que não quero. O que quero é que tudo volte a ser como era. Mas isso não é uma opção, é?

— Se pudesse — eu disse.

Ela deu uma olhada no papel, depois colocou na bolsa. — Como entrarei em contato com você?

— Não entrará. Mas eu vou te ligar de tempos em tempos.

Ela não sabia o que dizer.

— Obrigado, Falene. Sua amizade é a única coisa boa que restou disso tudo. Você é uma das melhores pessoas que eu já conheci. — Ela passou os braços ao meu redor e nós ficamos assim por alguns instantes. Quando nos separamos, ela limpou as lagrimas dos olhos.

— Eu gostaria que você não fizesse isso.

— E o que mais há para fazer?

Ela me olhou com uma expressão triste e me deu um beijo no rosto.

— Fique em segurança. — Ela enxugou os olhos ao sair da casa. Fiquei pensando se algum dia eu voltaria a vê-la.

Havia somente duas coisas que eu não podia descartar. Primeiro, as joias de McKale. McKale não tinha muitas joias — ela preferia um visual mais limpo— mas, ao longo do tempo, eu lhe comprei algumas coisas bacanas. Tudo tinha valor sentimental e cada peça me lembrava onde e quando eu lhe dei e a forma como ela reagiu. Peguei sua aliança e coloquei numa corrente de ouro, ao redor do meu pescoço. O restante, um anel de opala, um acolar de rubis e esmeraldas, um broche de safiras e diamantes, eu coloquei num saquinho e enfiei no bolso.

As outras coisas que eu valorizava eram os meus diários. De mais de vinte anos. Olhei para eles e vi um diário de capa de couro marrom que eu tinha comprado numa viagem à Itália, vários anos atrás, e ainda não havia usado. O couro era macio, mais um forro do que uma capa, com uma tira de couro que fechava o livro. Decidi que esse seria um diário de estrada adequado.

Coloquei os outros diários numa caixa e passei fita isolante com um bilhete para Falene mandar a caixa para a casa do meu pai.

McKale iria gostar que suas roupas fossem para um abrigo feminino, então eu coloquei suas coisas em caixas grandes e deixei instruções para que Falene despachasse. Com uma exceção. Peguei uma de suas camisolas de seda. E comecei a arrumar as coisas para a minha caminhada.

Um dos clientes de minha ex-agência era um revendedor local da Alpinnacle, de sofisticados equipamentos de trilha. Era nossa menor conta. Eu geralmente nem pegava contas desse tamanho, mas, nesse caso, abri uma exceção, já que McKale e eu adorávamos caminhar e éramos fãs dos produtos da empresa.

Todo ano nós produzíamos seu catálogo e as amostras de produtos que eram trazidas para a sessão de fotos ficavam para que distribuíssemos entre nossos empregados. Eu sempre ganhava a primeira escolha do conjunto e havia pegado várias mochilas, um fogareiro portátil de uma boca, um ponche, um saco de dormir com colchão inflável e uma barraca para uma pessoa. Poderia usar tudo. Escolhi a melhor mochila e enchi com o equipamento.

Nós guardávamos nosso equipamento de camping num armário no porão, e desci para pegar outras coisas que sabia que viria a precisar: uma lanterna/rádio com lâmpada de LED, um dispositivo de ignição de fogo e um canivete suíço. Coloquei tudo na mochila.

Enquanto eu mexia no armário, achei meu chapéu favorito: um chapéu australiano de feltro, com uma tira de couro adornada com uma pequena opala (Coober Pedy é uma famosa fonte de opalas australianas). Eu comprei esse chapéu seis anos antes, numa viagem de negócios que fiz a Melbourne. Por mais que eu gostasse do chapéu, raramente o usava, porque McKale debochava de mim quando eu o colocava. Ela dizia que eu ficava parecendo um cara da série de TV *The man from snowy river*, o que eu, pessoalmente, achava bom. Ele tinha uma aba larga e firme, feita para o clima do deserto australiano, o sol e a chuva. Eu coloquei. Ainda era confortável.

Voltei, peguei meus tradicionais óculos Ray-Ban Wayfarer, um rolo de papel higiênico, seis pares de meias, duas calças de brim, um casaco, um cantil e cinco cuecas.

Vesti as calças, meias grossas de lã, uma camiseta e um moletom do Seattle SuperSonics. Felizmente, eu tinha boas botas de trilha. Eram leves, resistentes e já estavam amaciadas. Eu sentei e amarrei os cadarços. Depois pendurei a mochila no ombro. Não era pesada demais, talvez uns dez quilos.

A porta trancou automaticamente atrás de mim e, sem uma única chave no bolso, eu fiquei em pé, na varanda da frente. Então, sem olhar para trás, eu comecei a caminhar.

CAPÍTULO
Vinte e três

Decidi quanto ao ponto de destino;
o caminho não é nada além de detalhe.
Comecei minha caminhada.

Diário de Alan Christoffersen

Chyan li jr sying, shr yu dzu sya. "A jornada de dois mil quilômetros começa com um simples passo." Eu li isso num biscoito chinês da sorte. Tecnicamente, eu suponho, não era um palpite de sorte — mais um provérbio — e provavelmente nem era chinês. Talvez algum copiador de anúncios americano tenha feito uma produção e massa para alguma empresa de biscoitos. Acredito que todos aqueles anos na propaganda tenham me deixado cínico.

Qualquer que seja a origem, o provérbio era aplicável. Mental e emocionalmente, eu descobri que uma caminhada distante, como até Key West, era algo difícil de mentalizar. Meu destino final talvez fosse a China. Eu precisava de um alvo provisório, um destino que fosse distante o suficiente para me motivar, mas perto o bastante para não quebrar minha vontade. Esse lugar era do outro lado do estado. Fixei a mente em Spokane.

A jornada de carro de Seattle até Spokane, seguindo pela Interestadual-90, leva cerca de quatro horas. Mas eu não estava viajando de carro, e a 90 é uma estrada. A Patrulha Rodoviária decididamente teria problemas com meu itinerário. A rota preferida (e por "preferida" eu quero dizer "legal") para ciclistas e caminhantes é a Estrada 2, de duas faixas, que sobe pelas montanhas de Cascade até Steven Pass, uma das estações de esqui de Washington. Eu sabia que nessa época do ano haveria neve no estreito, mas afastei essa ideia. Eu lidaria com isso quando chegasse lá.

Segui pela 132nd Avenue, rumando ao norte, até a Redmond Road, depois caminhei uns dez quilômetros a nordeste, entrando em Redmond. Até chegar ao centro da cidade, já eram cerca de duas da tarde e o trânsito estava pesado.

Eu sobressaía ao atravessar o centro carregando nas costas uma mochila e o saco de dormir e atraí muitos olhares curiosos, mas não liguei. A primeira lição ao chegar ao fundo do poço é a perda da vaidade.

Do coração de Redmont, continuei subindo ao norte pela Avondale Road. A caminhada era plana e a lateral da estrada estava molhada, acarpetada com agulhas acobreadas dos pinheiros, que haviam caído das árvores que perfilavam a rota. Conforme me afastava da cidade, notei que meu humor foi abrandando ligeiramente. Os sons dos pássaros e da água, a batida rítmica dos meus pés e o ar fresco desataram minha mente da loucura da noite anterior. Sempre acreditei que uma boa caminhada pela mata é tão eficaz quanto psicoterapia. A natureza é e sempre foi a maior curadora.

Perto de Woodinville — a uns 26 quilômetros de Bellevue — minhas pernas já estavam cansadas, o que era um mau sinal. Embora eu fosse ávido caminhante e corredor, nas últimas quatro semanas sacrifiquei tudo para estar com McKale, incluindo exercícios. Não era de admirar que eu tivesse perdido massa muscular e ganhado peso — o suficiente para que minha calça estivesse apertada na cintura.

Havia um supermercado na periferia da cidade e eu parei para comprar suprimentos e algo para comer. Comprei duas garrafas de água, um litro de suco de laranja, uma caixa de manteiga de amendoim, barras energéticas achocolatadas, duas caixas de biscoitos de mirtilo, duas maçãs, um saco de cereal misto e um sacão de tirinhas de carne desidratada.

As pessoas instintivamente temem caras barbudos (como Papai Noel, ou o mendigo que se senta ao seu lado no ônibus), quando historicamente são os bigodes que devem preocupar mais (exemplo: Hitler, Stalin, John Wilkes Booth, o assassino do presidente Abraham Lincoln).

Diário de Alan Christoffersen

Depois de alguma ponderação, comprei um kit de viagem de xampu, barbeadores descartáveis e gel de barbear. Eu tinha pensado em deixar a barba crescer até que eu parecesse um dos caras da banda do ZZ Top*, mas acabei decidindo que era melhor não. A verdade é que eu jamais gostei de usar barba. Uma vez, deixei crescer o cavanhaque, mas McKale disse que doía quando ela me beijava e ameaçou negar os lábios até que eu raspasse. (Ela também me disse que eu ficava parecido com Satã. Não sei como ela conhecia a aparência de Satã, mas o cavanhaque se foi naquela noite.)

---

* Famosa banda norte-americana de blues-rock. Os dois vocalistas têm barbas muito compridas. (N.T)

Minha mochila estava notoriamente mais pesada quando eu deixei o supermercado. Continuei caminhando ao sul, pela Rodovia 522, e virei a leste. Finalmente tinha saído do subúrbio. A floresta ao meu redor era exuberante, em ambos os lados, repleta de samambaias e choupos canadenses.

Apesar do peso que eu havia acrescentado, a caminhada se tornou mais fácil, conforme a estrada entrou em declive e minha mochila pareceu me empurrar morro abaixo.

Seattle é anfíbia. Mesmo quando não via a água, podia senti-la em algum lugar, uma corrente ou duto submerso, ou uma queda-d'água na lateral da estrada. Sob essas condições, outras cidades mofariam ou apodreceriam, mas, desse lado de Washington, molhado era o estado natural das coisas — como a traseira de uma salamandra.

Por volta de quatro e meia, a noite já começava a cair. Conforme a luz do dia ia sumindo, a temperatura caía para perto de 5 °C. Decidi não me arriscar e aproveitar o restinho de luz para achar um lugar para acampar.

Eu tinha acabado de chegar a Eco Lake quando encontrei um leito a uns nove metros para dentro da densa floresta. Subi num monte, me agarrando a samambaias e folhagens, para evitar escorregar no declive lamacento. No alto, olhei abaixo e vi um pequeno nicho. Eu não era o primeiro a descobrir aquele local. Havia uma área plana, onde alguém já tinha acampado, evidenciada por pedras juntas para uma fogueira.

Desci o barranco até a beirada da água, encontrei um ponto seco e pousei a mochila. Olhei novamente em volta para ter certeza de que estava sozinho, depois tirei a barraca da mochila.

Embora eu tivesse escrito o folheto dessa barraca, nunca a montara de fato. Felizmente, era tão fácil quanto eu havia prometido. Fiquei contente por isso. Quando eu estava vendendo barracas ou políticos, muitas vezes minhas apresentações eram baseadas no que o produto deveria ser, não necessariamente no que era. Isso me transformou num mentiroso profissional. Ao menos, eu estava certo quanto à barraca.

Peguei meu colchonete inflável, depois meu saco de dormir, com forro de pelos. Tirei a roupa, entrei e fiquei deitado de barriga para cima, com a cabeça para fora da porta de tela em vinil da barraca. O céu estava oculto por trás de camadas finas de nuvens negras. Olhei o círculo da fogueira.

Quando eu tinha doze anos, o chefe dos escoteiros nos disse que a primeira coisa que se deveria fazer quando alguém estava perdido na selva era uma fogueira. Ele nos perguntou o motivo e nós demos nossas respostas. *Calor. Para manter os animais distantes. Para sinalizar ao resgate onde estávamos.*

— São todas boas respostas — disse ele —, mas nenhuma é a que estou buscando. Você acende uma fogueira para evitar entrar em pânico.

Eu deveria ter acendido uma fogueira. Conforme a noite caiu, também veio o pânico diante da situação. Percebi que não estava caminhando sozinho. Estava sendo seguido por três colegas de jornada: a tristeza, a amargura e o desespero. Posso estar na frente deles por um tempo, mas eles sempre me alcançam. Fiquei imaginando que tipo de pernas eles teriam, e por quantos quilômetros me seguiriam, em quantos estados. O caminho inteiro?

Mal podia acreditar que ainda naquela manhã eu vivia numa casa de dois milhões de dólares, com um sistema computadorizado, uma cama tamanho king size, com um colchão macio e lençóis de algodão egípcio de cem mil fios. (Posso estar exagerando nesse último fato.) Agora, eu estava morando numa barraca. Meu mundo estava de cabeça para baixo. Eu queria contar a McKale sobre isso. Ela me chamaria de tolo maluco e diria: "Não acredito que você está fazendo isso". E completaria: "Sim, eu acredito. Você é um caçador de sonhos".

Percebi que minha vida seria assim de agora em diante — não necessariamente vivendo numa barraca, mas vivendo em contraste com minha existência anterior. Como no calendário gregoriano *Anno Domini,* minha vida seria igualmente designada como *Antes e Depois de McKale.*

Vivi tanto tempo com ela que não era apenas o fato de que tudo me fazia lembrar dela, tudo que eu vivia tinha uma visão relativa a ela — o que ela gostava, detestava, do que ria ou aturava, por mim.

Eu não podia acreditar que teria de viver o resto da minha vida sem ela.

CAPÍTULO

Vinte e quatro

Hoje eu conheci um homem que não tem mãos.
Ele é uma metáfora viva da minha vida.

Diário de Alan Christoffersen

Os pássaros me acordaram. Eu não sabia de que espécie eram, fora o fato de serem irritantes. O barulho provavelmente era culpa minha. Eles possivelmente só estavam reclamando porque eu era um intruso em seu mundo.

Quase no mesmo momento em que acordei a dor voltou. Se você já conhece a perda, sabe o que quero dizer. Toda manhã, desde a morte de McKale, tem sido assim. Depois de alguns instantes de consciência, eu sinto o peso da tristeza me assolando. Se não posso contar com mais nada, a tristeza, pelo menos, é certa.

Sentei-me na barraca e esfreguei as pernas. Minhas panturrilhas estavam doloridas da caminhada do dia anterior. Eu imaginava ter andado perto de 32 quilômetros. Não caminhava tanto desde que McKale nos inscreveu para o fundo beneficente de distrofia muscular. Deveria ter me alongado antes de deitar. Simplesmente nem pensei nisso. Tinha muitas outras coisas na cabeça.

✦

Abri a mochila e tirei uma caixa de biscoitos e o suco de laranja. Havia dois biscoitos na embalagem, mas eu só comi um e guardei o outro. Tomei o suco todo. Depois, peguei o barbeador e o creme e fui até o córrego me barbear. A água estava fria e se fixou em meu rosto. Conforme enxaguava o rosto, o creme de barbear enevoava a água de branco. Sou um molenga, pensei. *Fiquei molenga.*

A ideia que McKale e eu tínhamos de privação era um hotel que não tivesse serviço de quarto 24 horas. Uma vez li que no Velho Oeste os homens evitavam tomar banho de banheira porque achavam que a água morna os enfraquecia. Talvez estivessem certos. A água morna tinha me enfraquecido.

Estava guardando a gilete quando meu telefone celular tocou, me assustando. Eu tinha me esquecido de que estava com ele. Instintivamente, chequei para ver quem estava ligando, mas não reconheci o número, então não atendi. O telefone era meu último elo com o mundo que eu havia deixado para trás. Era mais que um elo — esse aparelho polido estava cheio de contatos, agendas e história — um microcosmo exatamente do mundo que eu estava abandonando. Fiz o que todo dono de celular ocasionalmente fantasia. Arremessei o aparelho o mais distante possível dentro do lago. Quase nem fez barulho.

Enfiei tudo de volta na mochila e deixei meu primeiro acampamento, subindo a margem alta para voltar à estrada. O morro estava liso e eu escorreguei na descida, do outro lado, deixando meu traseiro e a mochila sujos de lama e com pedaços de folhagem arrancada. Levantei, bati o traseiro e a mochila e recomecei a caminhada.

✦

Andei por cerca de duas horas, até chegar à cidade de Monroe. Eu havia perguntado à caixa do supermercado sobre Monroe, e ela disse que a cidade era um nada. Sua descrição foi falha. Era maior do que eu esperava. Parei e me alonguei diante da placa de boas-vindas da cidade. Toda cidade tem uma placa, como tapetes de boas-vindas. Embora a maioria delas não apresente nenhuma criatividade além do nome, as cidades mais ambiciosas usam essas placas como propaganda. Nenhuma delas diz o que realmente quer dizer: TUDO BEM, VOCÊ ESTÁ AQUI. GASTE ALGUM DINHEIRO E VOLTE PARA CASA.

Enquanto caminhava pela rua principal de Monroe, eu tinha consciência de que estava sendo observado através de janelas de escritórios, estacionamentos e carros que passavam. Esse era um fenômeno ao qual eu jamais me acostumaria inteiramente, mas passaria a esperar. Nas cidades menores, um estranho é visto com uma ligeira desconfiança ou curiosidade e, geralmente, as duas coisas. Sem dúvida, pelo menos uma das cidades ao longo de meu itinerário algum dia publicaria um artigo sobre meu aparecimento que seria assim:

Homem não identificado de chapéu passa pela cidade a pé

Na terça-feira, por volta de dezessete horas, um homem não identificado usando um chapéu, atravessou a cidade caminhando. Ele não deixou nenhuma pista do motivo de ter chegado e partido com a mesma rapidez, deixando os residentes de Beauville sentindo-se ligeiramente abatidos. A senhora Wally Earp, moradora da cidade, disse ao Bugie: "Espero que ele volte e fique um tempo. Acho que descobrirá que podemos ser bem hospitaleiros. Ele nem experimentou meu crocante de maçã". Outros residentes, como Jack Calhoun, da 76 Main Street, ficaram contentes em vê-lo partir. "Um homem usando um chapéu daqueles não pode estar metido com boa coisa. Provavelmente é um socialista." Millicet Turnpikes, proprietária de uma loja de armarinhos, na Rua Nutmeg, disse: "Não sei o que ele estava fazendo, mas aquele era um belo chapéu".

O homem não identificado e seu chapéu não foram encontrados para comentar.

A uns oitocentos metros, já dentro de Monroe, passei por uma edificação térrea de estuque, com um dinossauro voador empoleirado na placa da frente. (Não tenho certeza do que o dinossauro tinha a ver com o aparelho nos dentes, mas a espécime apresentada tinha belos dentes alinhados e devoradores.)

ORTODONTIA DO DOUTOR BILL

Boa propaganda, eu pensei. *Todo garoto da cidade vai querer usar aparelho.*

Já fazia tempo que eu tinha queimado os carboidratos do biscoito do café da manhã, mas me sentia mais insociável do que faminto, e os restaurantes que encontrei pareciam muito cheios, portanto, simplesmente continuei andando. Passei por um punhado de lojas de café expresso, algo que em Washington é um fenômeno frequente e bem-vindo. Eu poderia apostar que Seattle tem mais cafeterias *per capita* do que qualquer outro lugar no mundo. Não se admira que ali seja o local de nascimento da Starbucks.

Perto do fim da cidade, havia uma hamburgueria Jack in the Box com drive-thru. O restaurante provavelmente estava tão cheio quanto qualquer um dos outros pelos quais eu já havia passado, mas essa era minha última chance de uma refeição quente e meu estômago agora estava roncando, então entrei.

Ao entrar, notei os olhares furtivos e ansiosos dos clientes que já estavam sentados. Eu não estava barbado, portanto imaginei que tinha de ser algo com minha mochila que os deixava nervosos. Então imaginei esta frase:

Cidadão itinerante de Seattle irrita todo mundo em restaurante

Apenas minha mente de cara da propaganda se divertindo. Ou pirando. Pedi um sanduíche de ovo com salsicha e duas caixinhas de suco de laranja, depois me sentei num canto para comer. Havia um Seattle Times na mesa ao lado da minha e eu o peguei para dar uma olhada nas manchetes. Não vi o homem que veio em minha direção.

— Ei, desculpe incomodar, cara, mas você poderia me ajudar a comprar um café da manhã?

Eu ergui os olhos. O pedinte tinha uma barba cerrada e os cabelos tão aloprados que pareciam não ser lavados há um ano ou mais. Havia cicatrizes profundas em seu queixo, mas não eram tão notórias quanto os pontos parecidos com verrugas marrons, como se lama tivesse sido respingada em seu rosto. Ele estava com calças azuis hospitalares tão frouxas que caíam abaixo da cintura e quase o deixava exposto. Fiquei imaginando por que ele não arrumava as calças, quando notei que ele não tinha as mãos. Pela aparência dos braços, elas tinham sido removidas cirurgicamente, na altura dos punhos. O que poderia ter exigido a amputação das duas mãos?

— ...Uma refeição grande, com panquecas, custa três dólares — disse ele.

Apenas alguns dias atrás, esse homem teria me deixado desconfortável. Mas agora eu não sentia nada disso. Acho que me sentia semelhante a ele de alguma forma. Éramos ambos sem-teto. Abri minha carteira e tirei quatro dólares. — Aqui.

— Obrigado. — Ele esticou os braços, segurando as notas entre os dois tacos. — Agradeço.

Ele caminhou até a frente, soltou as notas no balcão e disse algo a uma jovem ansiosa, no caixa, que não olhava para ele. Em seguida, ele voltou ao salão com um saco de comida. Sentou-se na mesa ao lado da minha. Olhei para ver como ele comeria as panquecas sem mãos.

— Obrigado de novo — ele me disse.

— De nada — eu disse. Voltei ao jornal, mas ficava olhando para ele. Ele ergueu a panqueca com os tocos e começou a comer. Depois de um instante, eu perguntei:

— Qual é o seu nome?

Ele se virou e me olhou. — Will.

— Prazer em conhecê-lo, Will — eu disse. Ele estendeu um braço. Foi meio estranho, mas eu apertei. — O que aconteceu com suas mãos?

Ele não pareceu incomodado com a pergunta.

— O negócio é que eu gosto de bike — disse ele.

— *Bike*?

— É. *Bike cross*. Diamondback. E de colinas. Tem um negócio nas colinas. É uma sedução, sabe. As colinas são uma sedução. Eu tive um acidente numa colina. Os médicos, bem, eles salvaram minha vida, mas tiveram de amputar minhas mãos. — Ele ergueu os braços. — Mas eles salvaram minha vida. Isso é bom.

— É? — eu disse.

Ele me olhou intrigado, depois esticou os braços, ergueu a panqueca e deu outra mordida. Na bandeja, havia pequenas embalagens plásticas de condimentos, mas ele claramente não tinha como abri-las.

— Quer que eu abra a embalagem para você?

— Sim, obrigado.

Abri uma das embalagens e despejei em cima das panquecas dele. Eu não sabia por que estava tão interessado naquele homem. — Você tem família? — perguntei.

Ele desviou o olhar e eu notei um pequeno espasmo. — Sim.

— Onde você mora? — perguntei.

— No abrigo quando está frio.

— Como agora?

— Não está frio.

— Tem um abrigo por aqui?

— É em Seattle.

Eu fiquei imaginando o que ele estaria fazendo em Monroe. Claro que eu poderia me perguntar a mesma coisa. Nunca me ocorrera que o sem-teto que eu encontrava no centro da cidade, perto da minha agência, tivesse planos e programações.

— O que você faz durante o dia?

— Eu ando — disse ele. — Eu costumava andar pelo shopping. Mas eles não gostam muito de mim por lá. Às vezes, o segurança me dá uma dura. Uma vez, eles me bateram, só para se divertir, então não vou muito lá. Só penso. É mais fácil simplesmente fingir que vou. É melhor fingir. Tanto faz. Eu posso fingir ir a qualquer lugar. Ao cinema. A um restaurante. Posso ir a Nova York, ou Paris, ou Moscou. Nada disso custa um centavo. É a mesma coisa, apenas mais fácil. Mas é melhor ler livros.

— Você gosta de livros? — perguntei.

— É. Mas não gosto mais das livrarias. Eles também não gostam de mim. Nunca me bateram, mas eles têm comida e café em livrarias, exceto nas livrarias Crown, mas já não há tantas delas. Não deveria ter comida e café ao redor de livros. Não está certo. Eu gosto do King.

— Stephen King?

Ele se inclinou à frente. — Você conhece o senhor King?

— Conheço os livros dele.

— Gosto de Dumas e Mitchum. Não conheço dos livros escolares. — Sua expressão subitamente ficou séria. — Na escola, a professora tinha o livro do professor. Tinha todas as respostas ali. Por que eles simplesmente não dão o livro do professor aos alunos? Assim, todos teriam todas as respostas.

Não é por isso que se vai para a escola?

Ele me olhou. Eu senti que ele estava tentando decidir se deveria ou não confiar em mim.

— Sabe, todo lugar aonde vou, eu simplesmente... continuo procurando o livro do professor. Se eu pudesse encontrá-lo, então seria...

Ele se inclinou à frente e disse, numa voz mais suave: — Uma vez, eu o encontrei, sabe. Encontrei e comecei a ler, depois desmaiei, antes que pudesse ter todas as respostas. Eu estava no chão, inconsciente. Era coisa demais para saber. Como na Bíblia, quando há coisas que as pessoas simplesmente não podem saber, então Deus lacra os livros. Agora, eu simplesmente não consigo encontrar o livro do professor. Se eu pudesse ao menos achá-lo... Ele tem todas as respostas.

— Ele não tem todas as respostas — eu disse. — Nada tem todas as respostas.

Ele fez uma cara feia. — O livro do professor tem todas as respostas.

— Não existe livro do professor — eu disse, zangado.

Ele me olhou curioso, depois disse:

— Você não sabe o que pode acontecer num piscar de olhos. O tempo não é nada. Toda a história da humanidade pode estar num piscar de olhos. Não sabemos. Acho que, às vezes, eu pisco e leio todos os livros do mundo. Todos os livros do mundo, menos o livro do professor.

— Não há livro do professor — eu gritei. — Não há respostas. Coisas horrendas podem acontecer sem uma maldita razão. Apenas olhe para suas mãos.

Ele me olhou como se eu fosse maluco. Outras pessoas no salão também estavam me olhando. Em seguida, ele disse:

— Eu não leio mais livros, eu finjo. E os preservo. Livros costumavam ser belos, eles tinham uma... você sabe... uma capa dura. Você precisa conservá-los. Principalmente, com todo o café e a comida que tem agora nas livrarias.

Terminei de comer meu sanduíche, engoli o restante do suco e me levantei. Não queria mais falar com ele. Tirei uma nota de cinco dólares da carteira e deixei em cima da mesa, ao lado de suas panquecas. — Isso é para o almoço.

— Obrigado. — Ele voltou ao seu café da manhã.

Eu ergui a mochila sobre o ombro e comecei a caminhar novamente. A aproximadamente uma quadra de distância da hamburgueria ficava a saída para a Rodovia 2. Embora eu já tivesse viajado quarenta quilômetros, senti que esse era o primeiro passo da minha jornada.

A primeira edificação por que passei era o Zoológico de Répteis. Do lado de fora, parecia um restaurante decadente. Imaginei que no lado interno deveria haver uma porção de viveiros de vidro, com cascavéis de olhos empoeirados e monstros de Gila. Fiquei imaginando por que somos tão fascinados por coisas que podem nos matar. Num outro dia qualquer, eu provavelmente teria parado e pago os sete dólares para entrar, porque gosto de coisas assim. Sempre gostei.

Continuei andando. A menos de uma quadra do museu havia um velho ônibus escolar que foi convertido em restaurante. Chamava-se Churrasco da Velha Escola. McKale adorava churrasco. *Ela gostaria disso, eu pensei.*

A oito quilômetros, saindo da cidade de Monroe, passei por uma pequena estrutura que algum crente construiu na lateral da estrada. Havia uma placa desgastada, pintada na frente, com uma bela letra, que dizia:

Capela Wayside
Pare. Descanse. Louve.

A capela era uma edificação como uma choupana, com uma torre adicionada. Atravessei a estrada para olhar o lado de dentro. Havia flores plásticas coloridas cobertas de lama na frente da porta. Lentamente abri a porta, caso houvesse alguém ali dentro, mas estava vazia. Na parede da frente havia uma cruz grande, feita de duas toras de madeira pintadas. Havia quatro bancos, cada um com espaço suficiente para abrigar duas pessoas.

Entrei e caminhei até a frente da capela. Havia bilhetes e cartas deixadas no púlpito por pessoas que por ali passavam e também uma pilha de CDs musicais que alguém deixara no primeiro banco: Marvin pious and the holy crooners — Make a joyful noise. Havia uma foto de Marvin e sua banda, com macacões de poliéster cor de laranja. Havia uma Bíblia volumosa, antiga, com capa branca de couro, aberta em Tessalonicenses 2:

Agora, nosso Senhor Jesus Cristo e Deus, nosso Pai, que nos amam e nos deram a consolação eterna e boa esperança através da graça . . .

Boa esperança através da graça, eu pensei. Fechei a Bíblia. *Amor e consolação?* Numa súbita onda de raiva, joguei o livro contra a parede. *Amor, esperança e graça?* Que piada. Eu saí do local desejando não ter parado.

Caminhei quase dois quilômetros antes de me sentir novamente calmo. Mas a raiva ainda estava ali. A emoção sempre estivera ali, oculta, por baixo de uma camada fina de verniz de civilidade. A capela só a expôs.

Voltei a minha atenção à estrada. A rodovia se estreitou ligeiramente e eu podia ver claramente as montanhas à distância. Estavam brancas por conta das nuvens e da neve. As árvores espetavam para fora das rampas·

nevadas, como barba por fazer. A montanha era meu destino. É *um trajeto bem longo para caminhar*, pensei. Sacudi a cabeça diante de minha estupidez. Isso não era nada comparado para onde eu estava indo. Atravessando o país, iria me deparar com dúzias de estreitos montanhosos que fariam isso parecer um morrinho da base de arremesso no campo de beisebol.

Eu tinha andado uns dezenove quilômetros quando cheguei à cidade de Sultan. A única forma de entrar na cidade era passando por uma ponte estreita de metal, sem acostamento para pedestres, onde os carros passavam zunindo, a cem quilômetros por hora ou mais. Eu não tinha certeza do que fazer. Parecia ser certo que seria atropelado. Só para constar, eu não temia morrer. Eu temia quase morrer. Não é a mesma coisa.

Por um momento, fiquei matutando quanto ao que fazer, depois encontrei uma solução. Havia outra ponte, paralela à da estrada. Uma ponte de trem. Não havia quase não morrer com um trem. Trens não desviam.

Subi a ponte e comecei a atravessá-la, lentamente, procurando os locais onde pisar, por entre os trilhos enferrujados e treliças de madeira. A ponte tinha aproximadamente sessenta metros de extensão e a travessia foi lenta. Ainda assim cheguei ao outro lado sem nenhum sobressalto. Fiquei pensando se a ferrovia ainda era usada. Parte de mim ficou desapontada. Saí dos trilhos e caminhei rumo à cidade.

Parei para almoçar numa padaria. Não tenho certeza se tinha nome, algo que, em retrospectiva, foi provavelmente uma escolha inteligente da parte deles. Pedi um misto quente e uma Coca, com uma porção de salada de batata. Mesmo faminto como eu estava, comi muito pouco. A comida era horrenda. Era uma daquelas refeições que, se você tivesse de escolher entre comer a comida e giletes, teria de pesar os prós e os contras. Antes de deixar a padaria, eu peguei um pacote de biscoitos e fui comendo, enquanto andava.

A cidade seguinte se chamava Startup. Se você piscasse, não a veria, era uma comunidade composta, em sua maioria, de trailers e mato alto.

Como observou o escritor Bill Bryson, as cidades americanas geralmente eram nomeadas segundo "a primeira pessoa branca que chegasse, ou o último índio que partisse". Ali, pensei, era uma exceção bem-vinda, uma cidade que mostrava alguma iniciativa. Eu estava errado. Descobri a origem do nome da cidade numa placa perto do posto de gasolina onde parei para usar o banheiro.

No fim das contas, a cidade tinha o nome de Wallace, em homenagem ao primeiro colonizador branco, mas a agência dos Correios sempre enviava a correspondência para Wallace em Idaho, então foi feita uma votação e o nome foi oficialmente mudado para Startup, não por alguma ambição esperançosa, mas por conta de George Startup, gerente da Wallace Lumber Company. Bryson estava errado. O batismo das cidades, como tudo o mais que existe no mundo, é em função do dinheiro e da política.

A próxima cidade era Gold Bar, marcada por uma placa que se autoproclamava como Portão das Cachoeiras. No centro da cidade havia um totem grande e várias cafeterias: The Coffe Coral, Let's Go Espresso e Espresso Chalet.

Conforme eu passava por aqueles pequenos locais, não pude deixar de pensar sobre seus habitantes. Como teriam vindo parar ali e, mais intrigante, porque teriam ficado. Seria apenas por ser o que conheciam? Será que a natureza humana era realmente tão aderente?

Gold Bar tinha uma igreja na lateral da estrada, ligeiramente maior do que aquela onde eu havia parado. Igreja Cristã da Vitalidade, uma choupana com uma grande cruz branca pregada na parede externa. Dessa vez, tive o bom- senso de simplesmente continuar andando.

Durante o dia, a chuva caiu e parou, não o suficiente para impedir minha caminhada, mas o bastante para encharcar a parte de baixo das minhas calças, me deixar com frio e infeliz. Eu tinha caminhado uns 32 quilômetros e estava pensando em montar acampamento quando vi a placa do Zeke's Drive-in — lar dos milkshakes mundialmente famosos.

É um fenômeno curioso que quase todos esses comércios de beira de estrada tivessem algo pelo qual supostamente fossem mundialmente famosos. Fiquei me perguntando se isso era apenas moda de marketing, ou se algo, de fato, havia acontecido para que o proprietário se achasse digno da alegação.

Ao lado do drive-in havia um vagão de trem. Conforme me aproximei, notei que o terreno atrás dele estava demarcado com placas de ENTRADA PROIBIDA. Resolvi arranjar algo para jantar e perguntar sobre locais próximos para acampar.

O menu era escrito à mão, numa folha de compensado presa na parede. O Zeke's tinha os preços habituais dos drive-ins, exceto por uma peculiaridade -hambúrgueres de avestruz. Ao contrário de mim, McKale gostava de experimentar coisas novas e provavelmente teria pedido isso.

Um homem alto, de cabelos claros, estava no guichê me observando conforme me aproximava. A grelha atrás dele estava fumegando com pequenas labaredas gordurosas. Quando eu estava a três metros da janela, ele perguntou:

— O que posso lhe servir?

— Qual é o gosto de um hambúrguer de avestruz?

Pela rapidez da resposta, imaginei que já haviam lhe perguntado isso dez mil vezes.

— Avestruz faz bastante sucesso. É carne vermelha, sabe, igual à de boi, porém mais magra. Muito magra. É ótimo para pessoas que estão de olho na cintura.

McKale *decididamente* teria pedido. Minha cintura não me preocupava muito ultimamente, mas eu estava curioso. — Vou querer um desse — eu disse. — Qual é a diferença entre o hambúrguer regular de avestruz e o hambúrguer de luxo de avestruz?

— Queijo e picles — disse ele.

— Quero o de luxo.

— Quer batatas fritas para acompanhar?

— Claro.

Ele anotou tudo com um toco de lápis.

— E eu gostaria de um de seus milkshakes *mundialmente famosos.* — Frisei as palavras *mundialmente famosos* como se fosse uma citação, mas ele não reagiu.

— Que sabor?

Pelo menos dois terços do cardápio eram uma listagem de milkshakes com sabores que variavam de banana com caramelo a creme de menta com chocolate. Além disso, havia os especiais da estação, pão de gergelim e de ruibarbo. Perguntei qual era o melhor.

— Isso depende.

— De quê?

— Se você gosta mais de pão de gergelim ou de ruibarbo.

Faça uma pergunta imbecil. — Vou experimentar o de ruibarbo.

— Boa escolha — disse ele. Ele anotou o meu pedido. Dei-lhe uma nota de dez dólares e ele me devolveu o troco e um recibo. — Você é o número 34 — disse ele, o que achei bem interessante, já que não havia mais ninguém esperando.

— Essa mata atrás de seu restaurante é sua?

— Não. Não tenho certeza de quem é. É uma propriedade privada. Um dia, de repente, apareceram as placas de ENTRADA PROIBIDA.

— Será que alguém irá me incomodar se eu acampar lá atrás?

— Duvido. De vez em quando eu vejo alguém saindo dali de manhã. Na verdade, tivemos um cara que morou ali por mais de um ano. Ninguém reclamou. Ele também não se intimidava com isso. Construiu uma cabaninha. Não me lembro do seu nome. — Ele virou para a moça que estava na grelha. — Qual era o nome daquele cara que morou na mata lá atrás?

Ela disse algo e ele concordou. — Ah, é. — Ele se virou. — Seu nome era Itch. Seu pai era um político importante de Seattle. Ele morou aí mais de um ano. Não sei por que ele escolheu esse lugar. Acho que simplesmente gostava. Ele subia e descia a estrada pegando coisas perdidas e latinhas e, quando tinha dinheiro suficiente, aparecia aqui para comer alguma coisa. Um dia, ele simplesmente foi embora. Nunca mais o vi. Então, por que você pergunta?

Eu tinha esquecido o que eu tinha perguntado. — Pergunto o quê?

— Sobre acampar lá atrás.

— Estou em busca de um lugar para passar a noite.

— Bem, vai chover em você. — Surgiu outra labareda atrás dele. — De onde você é?

— Seattle.

Ele me olhou por um momento, depois disse: — Você pode dormir no vagão.

Eu olhei o grande vagão vermelho. — Aquele grandão, ali? — Outra pergunta idiota.

— É o único que eu tenho. Os colchões não estão mais lá. Se você não se importar em dormir na madeira.

— Obrigado. O abrigo será apreciado.

Alguém atrás dele gritou — Número 34!

Ele se virou e cuidadosamente colocou a comida num saco e me entregou, junto com o milkshake. — Quando você terminar de comer, apenas volte aqui e eu vou destrancar o vagão para você.

— Obrigado.

Havia uma área interna para as refeições, no prédio separado, atrás do restaurante. A sala estava limpa e tinha seis mesas de piquenique. As paredes eram cobertas com mapas de trilhas de caminhada e havia um artigo sobre ataques de ursos. (O artigo havia sido publicado pela Câmara de Comércio local, portanto, tinha muitas coisas boas a falar sobre os ursos.)

Sentei e desembrulhei meu hambúrguer de avestruz. A carne de avestruz parecia de boi, mas não era tão boa. Simplesmente coloquei mais ketchup.

Foi uma boa sensação sentar-me um pouco. Eu não trocava de meias desde o dia anterior e sentia minha pele absorvendo-as. Estava na expectativa de tirá-las, embora ainda não. Eu estava comendo.

Quando terminei a refeição, limpei a mesa e caminhei de volta até o drive-in. Agora havia três carros estacionados e na janela se formara uma fila. O homem me viu e disse:

— Aguente firme por um minuto. Terei de destrancar para você. — Uns vinte minutos depois, ele surgiu, saindo por uma porta lateral. — Por aqui.

Eu o segui, depois subimos uma escadinha que levava ao vagão. Ele pegou um chaveiro e destrancou a porta. Nós dois entramos e ficamos em pé no corredor que se estendia pelo vagão todo. O interior do vagão tinha sido pintado de cinza submarino e cheirava a tinta fresca. — Não use o banheiro — disse ele. — Não funciona e você terá uma lambança nas mãos. Pode usar o banheiro atrás do restaurante. Vou deixar a porta destrancada.

Eu estava surpreso com a forma como ele estava confiando num absoluto estranho.

— Obrigado.

— Não tem de quê.

Ele saiu, fechando a porta atrás de si. Eu nunca tinha estado especificamente dentro de um trem (a menos que o trem do parque da Disney contasse), muito menos dormido em um. O beliche era comprido, de madeira, onde houvera um colchão. Coloquei meu colchonete, abri o zíper do saco de dormir e o estiquei naquele espaço. Recostei para testar. Nada mal. Duro, mas eu estava me acostumando com isso. Em sua maioria, as coisas macias de minha vida se foram.

Ao anoitecer, a chuva começou a cair com mais força e o som foi amplificado pela caixa de madeira onde eu estava abrigado. Fiquei contente por estar do lado de dentro.

Peguei a lanterna na mochila e meu diário de estrada e fiz algumas anotações do dia. Escrevi um pouquinho sobre o mendigo da hamburgueria Jack in the Box e o livro do professor. Fiquei imaginando se, com o tempo, eu ficaria como ele — falando sobre coisas que os outros não podiam entender. O livro do professor.

Eu detestava a noite e os demônios que esperavam escurecer para sair. Embora eu pensasse em McKale durante o dia todo e, às vezes, sobre Kyle e sua traição, havia um poder na caminhada que mantinha os demônios sob controle. Mas no silêncio e na imobilidade da noite, eles vinham em legiões. Nessas horas, me sentia como um estranho em minha própria mente, vagando por entre uma paisagem misteriosa e precária.

Acho que foi o Twain que escreveu: "Suponho que eu seja como o restante da humanidade: ninguém é tão são à noite".

CAPÍTULO

Vinte e cinco

Passei a noite dormindo num vagão de trem.
Não posso imaginar o que o novo dia irá trazer,
exceto, é claro, mais caminhada. E mais chuva.

Diário de Alan Christoffersen

O mundo estava quieto quando eu acordei. O sol do amanhecer ainda não tinha se erguido na montanha e o mundo ainda estava azul e cinza. O ar estava frio o suficiente para que eu visse meu hálito.

Arrumei minhas coisas. Não chovia mais, mas o mundo lá fora ainda estava molhado, como se a chuva tivesse parado há uma ou duas horas. Caminhei contornando a entrada da garagem e empurrei a porta do banheiro. Fiquei contente quando ela se abriu.

Fiz a barba com a água quente e enchi meu cantil, com a fria. Pendurei a mochila no ombro e caminhei de volta para a estrada.

A rodovia passava por cima de um rio e abaixo de mim tinha um grupo de pessoas descarregando caiaques de uma caminhonete. Ninguém estava com pressa. E me ocorreu que eu também não. Pela primeira vez pensei na simplicidade de minha nova vida. Sem prazos a cumprir. Sem compromissos e reuniões. Sem e-mails e conferências telefônicas. Eu só precisava pensar nas necessidades água, comida, sono e um abrigo ocasional.

A estrada estava velada por uma névoa fria que se erguia do asfalto ou descia do céu, eu não tinha certeza de onde vinha. Após uma subida íngreme de alguns quilômetros, eu vi as quedas-d'água, ao lado norte das montanhas. Ao sul, estava o rio Skykomish. Mesmo no estado de espanto em que me encontrava, eu não podia negar a beleza desse país.

Por volta das dez horas, entrei na cidade de Baring, onde tomei um café da manhã simples, mas delicioso, com ovos e linguiça, num restaurante na beira da estrada. Estava um dia silencioso, cinzento e moroso. Se o céu não estivesse carregado, eu ainda estaria na sombra da abobada das arvores. A floresta densa era verde de limo e até os corrimãos das pontes estavam salpicados de limo.

Eu parei para descansar no acampamento de Moneycreek e comer uma maçã, uns pedaços de carne-seca e um mix de castanhas e granola.

A estrada foi ficando mais estreita e perigosa. Para agravar o problema, havia o fato de que essa cidade não tolerava motoristas lentos. Foi o único lugar que vi na vida com placas ameaçando multar o motorista que acumulasse cinco carros em sua traseira. A solução oferecida era usar o acostamento, um perigo óbvio para ciclistas e pedestres em trilha. Baring não era um lugar para andar após o crepúsculo. Pelo menos se você quisesse viver.

Em Skykomish, eu parei no único lugar que pude encontrar para almoçar, a padaria Sky Deli. A cidade seguinte era mais distante do que eu podia andar, então me resignei a minha última refeição quente do dia. Pedi espaguete com molho e pão de alho. Deixei a comida assentar um pouquinho, depois segui de volta para a estrada.

Na marca do quilômetro noventa, eu já tinha andado quarenta quilômetros, quase toda a subida da montanha, o que se tornou óbvio, mesmo sem as placas sinalizadoras da elevação, que agora estavam fixadas em intervalos regulares. Eu sentia minhas panturrilhas. A primeira placa da elevação estava a 460 metros, onde, pela primeira vez, eu encontrei neve na estrada.

Ao anoitecer minhas pernas estavam com câibras e comecei a procurar um lugar para acampar. Havia poucas possibilidades, já que a estrada era cercada por um terreno íngreme em ambos os lados. Uma hora mais tarde, eu imaginei quanto mais poderia andar e me repreendi por não ter parado mais cedo. Cheguei até a pensar em voltar onze quilômetros, onde vi um local de acampamento, mas a ideia de perder aqueles quilômetros duramente ganhos era tão dolorosa que eu simplesmente me esforcei para ir adiante, na esperança de surgir algo.

No quilômetro seguinte, a elevação subiu para 550 metros, uma subida de noventa metros evidenciada pelo aumento de neve na montanha e nos acostamentos. Minhas coxas e panturrilhas estavam queimando e meu hálito congelava a minha frente. Eu estava perto do limite quando, em meio à escuridão, vi uma placa do acampamento de Deception Falls. Senti um grande alívio.

Atravessei a rua até o camping, passando por cima da corrente diante da entrada. O local estava fechado para a temporada. Havia placas de ACAMPAMENTO PROIBIDO no estacionamento, mas isso não me deteve. Minhas pernas já eram. Eu não tinha outra escolha a não ser parar.

As dependências externas estavam trancadas. Eu segui por uma trilha que descia por um vale molhado e escuro. O rio e as cachoeiras rugiam alto o suficiente para abafar o som da rodovia. A folhagem era densa e verde, acentuada por placas ocasionais de neve. O limo parecia ter coberto tudo e eu estava certo de que se ficasse tempo suficiente o ecossistema também me absorveria.

As quedas d'água não eram altas, porém eram bem fortes, uma conspiração de águas violentas, nascidas na montanha, caindo a mais de trinta metros, numa série de rochas inclinadas. Segundo a placa de madeira entalhada do parque, as águas caíam com o peso de sete toneladas. No rodapé da placa havia uma citação:

> *"Não há nada tão fraco como a água, mas quando ela ataca e é persistente nada pode detê-la."*
>
> *Lao Tsé*

Abaixo, lia-se estas palavras escritas à mão:

> *"Todas as quedas-d'água são temporárias. Um dia tudo isso terá sumido, e o fluxo da água irá simplesmente passar pela transição suave, de um lugar para outro. Todas as coisas passam com o tempo."*

Todos são filósofos, pensei. As palavras podem ter sido verdadeiras, mas isso não se modificaria em meu tempo de vida.

Havia placas de PROIBIDO ACAMPAR na trilha abaixo. Nessa época do ano, o público nem deveria estar fazendo trilhas por ali. Eu duvidava que o serviço do parque patrulhasse esses locais fora da temporada, mas, caso o fizessem, eu havia encontrado um pedaço de solo plano, escondido da trilha, para armar minha barraca. Quando terminei, já estava escuro.

O ar estava consideravelmente mais quente dentro da barraca, mas o som da água estava apenas levemente abafado. Eu estiquei meu colchonete e o saco de dormir, depois tirei os sapatos e as meias, para deixar meus pés respirarem. O estrondo da queda-d'água abafava não apenas um carro ocasional que passasse na estrada, mas também os meus pensamentos. Pela primeira vez, em vários dias, eu dormi profundamente.

CAPÍTULO
Vinte e seis

Hoje eu me deparei com um antigo amigo. Ao menos alguém que eu acreditava ser meu amigo. Judas-Ralph. Os traidores são as criaturas mais baixas de Deus, desprezados por aqueles que traem e secretamente odiados por aqueles a quem servem.

Diário de Alan Christoffersen

Acordei com o som de vozes estranhas. Não estavam falando inglês. Alemão ou lituano, talvez. (Não sei por que eu pensei isso. Não faço ideia de como soa o lituano.) Qualquer que fosse o dialeto, as vozes logo sumiram.

Minhas pernas estavam doloridas e eu as alonguei o máximo permitido pelo espaço do saco de dormir.

O ar estava frio o suficiente para que eu conseguisse ver meu hálito, que tinha se condensado sobre o teto de vinil da barraca. Conforme eu me sentei, esbarrei na lateral da barraca, o que fez com que caíssem gotas congeladas de chuva.

Abri a mochila e tirei a água e meus biscoitos. Estava faminto e comi dois pacotes inteiros, quatro torradas recheadas, no total. E me lembrei dos Hobbits, de Tolkien, comendo os doze pães de lembas*. Só que a minha dieta era de biscoitos. Pela primeira vez, desejei ter trazido outra coisa.

Vesti casaco, chapéu e luvas e saí da barraca. Caminhei até a margem da água para me barbear, mas a água estava congelando, então, prudentemente, decidi que a barba de um dia não faria mal a ninguém.

Em minutos, eu desarmei a barraca e estava pronto para partir. Mesmo com as pernas doloridas, estava ávido para seguir em frente. Segundo meu mapa, o estreito de Stevens Pass ficava a aproximadamente treze quilômetros estrada acima. Lá haveria instalações — uma hospedagem, banheiros e restaurante. Eu estava na expectativa de parar e comer uma refeição quente, depois atravessar para o outro lado da montanha. O lado que descia montanha abaixo.

Fui subindo pelo terreno do camping, joguei fora o lixo nas lixeiras do acampamento — garrafas de água vazias e embalagens —, depois caminhei

* No mundo ficcional de Tolkien, lembas são também chamadas de pães de viagem. Na língua geral é um alimento especial feito pelos Elfos. (N.T.)

de volta até a estrada, atravessando por cima das quedas-d'água que passavam abaixo.

Sob a luz da manhã, dava para ver a montanha claramente surgindo à minha frente, branca e silenciosa. Era seu colo. Minha mochila parecia mais pesada do que no dia anterior, embora eu soubesse que não estava. Eu só estava esgotado.

Nos cinco quilômetros seguintes, a estrada chegou a 792 metros, e os acostamentos estavam completamente cobertos de neve, embora, felizmente, a escavadeira a tivesse retirado da ciclovia. Minhas botas de trilha estavam manchadas de terra, mas secas por dentro (exceto pelo meu suor), e fiquei grato por ter dedicado um bom tempo para impermeabilizá-las.

Após mais de uma hora andando, vi que havia mais de um palmo de neve nos acostamentos. Dava para ver que eu estava chegando perto do cume, já que a maioria dos carros que passavam por mim carregava esquis. Um homem a pé parecia ridiculamente deslocado.

Houve uma elevação de mais de trezentos metros acima das quedas d'água de Stevens Pass — que é tanto o nome do estreito da cadeia montanhosa como da estação de esqui que fica em seu cume. Cheguei no meio da manhã. A placa do lado de fora do resort indicava a elevação a 1.237 metros. Nos últimos dois dias, eu tinha subido mais de 760 metros.

O resort estava lotado e o estacionamento coberto de neve, a lateral norte da rodovia estava com sua capacidade quase total, com carros esperando em ambos os lados da rua para entrar. Entrei com os esquiadores e caminhei até a estalagem. O prédio estava cheio de gente circulando com seus casacos coloridos e toucas de esqui. Já não estava mais sendo incomodado pelas multidões, embora eu sentisse não pertencer àquele local.

Deslizei a mochila dos ombros e a carreguei para dentro da estalagem. A primeira coisa que fiz foi usar o banheiro do resort, algo que, diante das circunstâncias, foi um luxo inenarrável. Principalmente a água quente. Não fiz a barba. O banheiro masculino estava movimentado demais para isso. Mas calmamente lavei as mãos e o rosto na água quente. Em seguida, fui até o restaurante comer alguma coisa.

O salão já estava repleto de gente para o almoço. Encontrei uma mesinha desocupada, perto da janela da frente, e me apossei, colocando minha mochila ali. Depois fui até o balcão, onde peguei uma bandeja de plástico, pedi um chocolate quente, um donut confeitado, um cheeseburguer duplo com chili e uma porção extragrande de batatas fritas. A comida era cara, comparada ao que eu vinha pagando e, pela primeira vez, usei meu cartão de débito. Fiquei feliz por ter sido aceito, pois não tinha a menor ideia do saldo de minha conta.

Levei a comida até a mesa e a devorei. Quando terminei de comer, pedi outro chocolate quente e uma tortinha de maçã. Pela primeira vez na vida toda essa glutonaria não me trouxe a menor culpa. Eu estava perdendo peso continuamente e com certeza queimaria as calorias antes do jantar.

Tirei o casaco e pendurei no encosto da cadeira, depois me sentei, mergulhando a tortinha de maçã no chocolate e olhando o ambiente. Fiquei me perguntando por que eu e McKale nunca viemos até ali.

Na mesa atrás de mim, um casal de pais tentava convencer a filhinha a voltar lá para fora para esquiar. Ela não queria e não estava com vergonha de dizer a eles ou a qualquer um no salão, que estava tão cheio e o barulho era tamanho que quase ninguém prestava atenção aos seus gritos. O casal estava impotente. Eles primeiro subornaram-na com um casaco da Hello Kitty, mas rapidamente passaram a uma máquina de karaoquê, depois, pegando pesado, partiram para um cachorrinho, mas ela já estava fora de controle (embora claramente em controle de seus pais) e impossível de acalmar.

Enquanto eu meditava sobre o dilema deles, entrou no salão um homem baixinho, seu corpo tinha o formato de pino de boliche, vestindo o macacão de esqui aberto e dobrado para baixo, na altura da cintura. Algo era familiar em sua maneira de andar e na silhueta. Quando ele tirou os óculos de esqui, meu peito se apertou. Eu imediatamente reconheci os cabelos ruivos e lábios finos. (E cara de furão.) Era o Ralph, meu ex-encarregado de design e novo sócio de Kyle.

Ele se sentou a apenas três mesas da minha, onde sua esposa e filhos já estavam comendo. Eles estavam perto da porta da frente, e eu provavelmente passei direto por eles ao entrar. Fiquei surpreso por não ter reconhecido Cheryl, sua esposa, porém mais ainda por ela estar com ele. Ao longo do último ano, eu raramente os vi juntos, em parte porque ela não tinha interesse aparente na ocupação dele, mas provavelmente porque ele estava de caso com uma mulher que conhecera um ano antes, numa convenção gráfica. Não sei por que sua traição me surpreendeu. Traidores traem. Se ele traía a esposa, por que eu deveria achar que ele seria leal a mim?

A raiva me esquentou. Eu pensei em dar-lhe um soco, ou esculachar, preferencialmente ambos. Mas enquanto eu o observava interagindo com a esposa e os filhos resolvi não fazê-lo. Eu já estava mergulhado num mar de emoção e uma demonstração embaraçosa na frente da esposa e filhos — por mais que ele merecesse — não faria com que me sentisse melhor.

Tirei meus óculos escuros da mochila e pus no rosto, puxei a aba do meu chapéu e fiquei invisível. Enquanto eu bebericava meu chocolate, tanto Ralph quanto Cheryl olharam em minha direção várias vezes, mas nenhum dos dois me reconheceu. Vestido assim, e com meu rosto barbado, eu poderia ser o Brad Pitt sem ser reconhecido.

Infelizmente, sentar perto de Ralph estragou a minha estada. Terminei meu chocolate, recoloquei meu casaco e pendurei a mochila nos ombros. Conforme me aproximei da mesa de Ralph, eu o ouvi dizer ao filho mais velho, Eric:

— Onde foi que você pegou esse negócio?

Eric, um garoto louro de doze anos, estava brincando com um tipo de rádio e ergueu os olhos, desafiador.

— Em lugar nenhum. Alguém deixou naquela mesa.

— Ora, então, ponha de volta — disse Ralph. — Não é seu.

— Vá com calma — disse Cheryl. — Ele apenas achou.

— Não me interessa. Não é dele.

A ironia foi grande demais para deixar passar. Foi como se o destino tivesse me dado essa ajuda. — Ele está certo — eu disse a Eric. — Você não vai querer pegar algo que não lhe pertence. Isso seria errado. — Eu olhei para Ralph. — Não seria?

Ralph e Cheryl me olharam, piscando, surpresos.

— Perdão? — disse Ralph.

— Não, não perdoo. — Eu me inclinei à frente. — Lembre-se, Ralph, seja Cheryl ou eu, a quem você esteja traindo, é a mesma coisa. A recompensa por trair é acabar na cama com um traidor.

Eu dei as costas e saí da estalagem, certo de que os olhos de Ralph estavam grudados em minhas costas. A essa altura, ele provavelmente já tinha percebido quem eu era, mas agora eu era o menor de seus problemas. Ao menos, ele e Cheryl finalmente teriam algo sobre o que conversar.

Lá fora, conforme caminhava estrada abaixo, o ar batia em meu rosto. O lado leste era em declive, decididamente uma vantagem para quem está fazendo trilha, exceto pelo fato de que as condições para caminhada naquele lado da montanha eram menos favoráveis e a neve cobria as trilhas que demarcavam a ciclovia. Eu não tinha certeza se tinha sido o vento leste o causador das condições desfavoráveis, mas o estreito era a linha divisora entre os condados de King e Chelan, portanto os políticos talvez tivessem mais a ver com aquilo do que o clima. Mesmo com a tração de minhas botas, eu achei a estrada escorregadia e, ao deixar o resort, escorreguei e caí na frente de uma fileira de carros, o que foi mais constrangedor do que dolorido, e eu torci para que Ralph não estivesse olhando. Quase caí outras duas vezes e comecei a fazer um rascunho mental de uma reclamação ao departamento de estradas do município.

Felizmente, até o fim da tarde, a elevação tinha caído para 850 metros, e a neve da estrada tinha diminuído consideravelmente, acumulando-se somente em montinhos ocasionais, aos quais eu simplesmente passava por cima.

Fiquei me lembrando do encontro com Ralph, imaginando se Cheryl já sabia que ele a traía. Não me arrependi do que falei. Dizem que a vingança é um prato que se come frio. Não faço ideia do que isso significa, mas pareceu especificamente apropriado para uma estação de esqui. De qualquer forma, eu poderia ter me dado bem pior.

No crepúsculo, um Acura MDX que seguia montanha abaixo desacelerou ao meu lado e uma adolescente loura inclinou-se para fora da janela do passageiro.

— Quer uma carona? — perguntou. Acho que ela havia bebido. Coldplay estrondava no som do carro.

— Não, obrigado.

— Para onde está indo?

— Flórida.

— Para onde ele está indo? — perguntou a motorista. Ela também era adolescente. Torci para que ela não tivesse bebido. Nessa hora, um carro encostou atrás delas e buzinou, depois desviou.

— Ele disse Flórida — disse a loura da janela.

A motorista disse algo que eu não consegui ouvir. Depois a garota se inclinou novamente para fora da janela.

— Nós vamos levá-lo de carro.

— Obrigado. Eu prefiro ir andando.

Ela riu. — Divirta-se.

O carro saiu em velocidade.

Depois de mais três quilômetros, não havia mais neve na estrada, nem nos acostamentos, o que me deixou particularmente satisfeito, já que era hora de montar acampamento. Segundo o meu mapa, havia uma cidade à frente, mas eu não tinha certeza da distância, nem do tamanho, nem se haveria algum lugar para ficar. Eu esperava que houvesse, estava com frio até a alma e queria desesperadamente um banho quente e um lugar para lavar minhas roupas manchadas de suor.

Apesar do tempo que demorei no estreito, tinha coberto bastante território — até agora, mais do que em qualquer outro dia —, quase cinquenta quilômetros. Minhas pernas estavam bem, exceto por meus joelhos, que doíam um pouquinho de andar na descida.

Conforme passei por uma curva, vi algo em meio às árvores. Havia um caminho de pedrinhas, não asfaltado e, não muito longe, atrás, uma fileira de choupanas amarelas dilapidadas. Pareciam um dia ter sido quitinetes alugadas para esquiadores, mas obviamente estavam abandonadas há anos. Uma das cabanas tinha desabado completamente e agora o telhado estava no chão, coberto de limo e folhas. As outras estruturas estavam em estados variados de conservação.

Algo em relação ao local me deixou ansioso e, conforme me aproximei da primeira cabana, tive um pensamento súbito e macabro de que talvez encontrasse ali dentro algo que não gostaria de ver. Imagino que me fez lembrar dos locais onde *seriais killers* escondiam as coisas em *Histórias de Crimes Verdadeiras*. Não sei o que me fez pensar isso.

Olhei o interior da primeira estrutura. Não havia corpos, mas estava claro que eu não era o primeiro humano a encontrar o lugar. O interior era um ninho de rato do tamanho de um homem. O cômodo estava cheio de lixo bizarro — garrafas vazias de cerveja, um colchão mofado, uma jaqueta do Exército, o banco traseiro de um Ford Pinto, um sutiã roxo, garrafinhas plásticas de anticongelante e jornal rasgado.

Olhei as outras cabanas. Elas também tinham piso de madeira, com várias coisas amontoadas de contribuições ecléticas de ocupantes passados. Duas delas ainda tinham partes remanescentes do carpete original — apodrecido e manchado de mofo preto.

As janelas estavam todas quebradas e ofereciam apenas um pequeno abrigo, mas há algo no fato de ter um teto em cima da cabeça que o faz sentir mais seguro.

A cabana em que me instalei era estruturalmente a mais firme das quatro e tinha uma lareira ainda intacta. Eu inspecionei a chaminé, depois juntei madeira das estruturas demolidas e acendi o fogo. A saída da chaminé estava cheia de folhas e parcialmente entupida, portanto, a fumaça entrou pela sala, o que não chegou a ser um problema, já que havia buracos no telhado e nas paredes.

A chama era linda e a casinha ficou repleta de calor e luz. Pensei se alguém notaria o fogo à noite, mas não me preocupei com isso. As pessoas que passavam de carro estavam indo a algum lugar. Não tinham tempo para ligar para coisas desse tipo.

Pousei meu colchonete e o saco de dormir, depois remexi na mochila em busca do jantar. Não tinha sobrado muita coisa para comer — uma maçã, carne-seca, cereal e duas barras energéticas. Eu deveria ter comprado algo no resort; tinha planejado fazê-lo, mas estava com pressa de ir embora. Terminei o cereal e a carne-seca, depois recostei e lentamente comi a maçã.

De certa forma, eu tinha alcançado uma vitória. A neve e a montanha tinham me preocupado mais do que eu queria, mas isso não chegou a ser grande coisa. Eu queria contar a alguém o que tinha realizado, mas não havia ninguém que quisesse ouvir. McKale iria querer saber tudo a respeito.

Joguei o bagaço da maçã no fogo e entrei no saco de dormir.

CAPÍTULO

Vinte e sete

Aconteceu novamente. Às vezes, o local mais assustador para se estar é sua própria pele.

Diário de Alan Christoffersen

Acordei à noite com o som de granizo. Era uma tempestade impressionante e, mesmo com a densa cobertura de árvores, parecia uma porção de martelos batendo no telhado da cabana. O granizo era do tamanho de bolas de gude, voando janela adentro e batendo no chão como pipoca, se acumulando no canto e formando pilhas brancas congeladas. O fogo queimava lentamente, reluzindo e ocasionalmente chiando por conta do granizo. Pensei em alimentar o fogo, mas resolvi não fazê-lo. Estava frio demais para sair do saco de dormir.

Subitamente, meu corpo se voltou contra mim. Meu peito e garganta se apertaram, a pele ficou vermelha e o coração disparou. Essa não era a primeira vez que eu tinha um ataque de pânico. Acontecia muito quando eu era garoto, nos meses após a morte da minha mãe. Eu nunca contei ao meu pai a respeito. McKale era a única pessoa que sabia. Ela era a única que me consolava quando eu tinha aquilo. Agora estava acontecendo por causa dela. Ou pela falta dela.

Fiquei sentado por vários minutos, tremendo. Estiquei a mão e peguei a aliança pendurada na corrente em meu pescoço.

Então, no escuro, remexi a mochila até encontrar a camisola de McKale. Puxei-a e mergulhei meu rosto no tecido de seda e gritei:

— Por que você me deixou! Por que me fez prometer que eu viveria?

Não houve resposta, além do granizo batendo. Puxei o saco de dormir por cima da cabeça e tentei voltar a dormir. Não conseguia parar de tremer.

✦

Eu não me lembro de ter adormecido, mas acordei com o raiar do dia. O granizo tinha parado e foi substituído por uma chuva forte. Eu me sentei. Minhas costas doíam do chão duro. Saí do saco e, por alguns minutos, fiquei sentado, ouvindo a chuva, olhando a corrente de água em cascata que escorria pela parede ao lado e a piscina que se formara perto da lareira. Meu peito ainda doía da noite anterior.

Pela primeira vez, desejei ter meu telefone celular. Eu me sentia solitário. Queria alguém com quem conversar. Não era alguém em particular. Qualquer um que me ouvisse.

Não eram somente minhas costas e peito que doíam. Meu corpo inteiro doía, mas não era de andar, eu não estava doente. Ao menos não fisicamente.

Olhei a chuva lá fora e suspirei. Não estava com vontade de andar. A única coisa mais dolorosa seria ficar sentado dentro de uma caixa mofada e úmida e pensar.

Também estava quase sem comida. Revirei minha mochila e tirei as barrinhas energéticas. Peguei uma delas, abri a embalagem e comi. Então, comi a segunda, acabando com o último alimento. Joguei o papel no chão — minha contribuição para o ninho. Não havia necessidade de apagar o fogo. A chuva já tinha feito isso.

Puxei o poncho por cima do casaco, coloquei o chapéu, pendurei a mochila no ombro e saí andando na tempestade. O solo da floresta estava enlameado e escuro e havia muitas folhas espalhadas pelo chão, arrancadas pelo granizo da noite anterior.

Conforme deixei a proteção da abóbada de árvores, a chuva começou a bater com força em meu chapéu e poncho. Eu realmente amava aquele chapéu. Era uma das coisas que me deixavam feliz. Podia imaginar os australianos no deserto, juntando as ovelhas ou cangurus, ou sabe-se lá o quê, com seus chapéus Akubra, com a chuva caindo sobre eles, rolando das abas e caindo em seus ombros. Quanto mais chovia, mais amava meu chapéu. Fiquei imaginando se eu pareceria ridículo ao usá-lo em Key West.

✦

O trânsito estava tranquilo, ou porque ainda era cedo, ou porque todo mundo era mais esperto que eu e ficara em casa, não sei. A estrada ainda descia gradualmente, embora não tanto quanto nos primeiros quilômetros do estreito. Fiquei grato por isso, não apenas com o espírito resistente à caminhada, mas o corpo também. Eu sentia que estava forçando cada passo. Torcia para que houvesse algo na próxima cidade.

Noventa minutos depois, eu avistei um prédio. O restaurante 59er, um estabelecimento relativamente ambicioso para uma cidade de parada para abastecimento — era uma edificação ao estilo dos anos 1950 com colunas rosa-choque e um luminoso letreiro em néon que proclamava MILKSHAKES MUNDIALMENTE FAMOSOS. Eu fiquei delirante de felicidade ao vê-lo.

Do lado leste do prédio havia um pátio pequeno com um gramado bem cuidado e uma cerca de madeira com uma decoração tão eclética quanto uma venda de quintal. Havia bicicletas velhas e carrinhos de puxar, um parquímetro, flamingos cor-de-rosa e um conjunto de autofalantes de drive-in.

Atrás do pátio havia uma fileira de pequenos bangalôs pintados de cores vivas e limpos, duas vezes do tamanho daquele onde eu passara a noite, e provavelmente não muito diferentes do que eram uma ou duas décadas atrás.

Caminhei até o restaurante. Segurei a porta, enquanto três mulheres saíam, e pude sentir o calor e o cheiro agradável de sorvete e massa de panquecas. O interior era ruidoso e lotado de relíquias dos anos 1950. Havia um fonógrafo automático tocando um vinil de 45 rotações de "Jailhouse Rock", do Elvis, e um balcão com frisos cromados e banquetas de vinil.

Esse lugar era sério quanto à sua alegação de possuir os milkshakes mundialmente famosos. Havia um quadro branco com o número de milkshakes servidos naquele ano, até agora 23.429, com um pedido de ajuda para que eles quebrassem o recorde anual de 27.462.

Uma mulher de penteado alto e engomado se aproximou de mim. Ela vestia um avental rosa e na etiqueta do nome estava escrito BETTY SUE.
— Belo chapéu — disse ela. — É só você, meu bem?

— Sim, senhora.

— Por aqui.

Ela me levou até uma mesa redonda de tampo laminado. — Que tal?

— Simplesmente ótimo. Obrigado.

— Sua garçonete já irá atendê-lo.

Tirei a mochila e recostei na parede, depois tirei o chapéu e o poncho. Coloquei o chapéu na mesa, enrolei o poncho e guardei na mochila e sentei. As paredes eram decoradas com colagens dos anos 1950, com placas antigas de carros, capas da revista *Life*, parafernália do Elvis, capas de disco, cartazes antigos da Coca-Cola e da Pepsi e pin-ups dos anos 1950: Marilyn Monroe, Marlon Brando, James Dean e Lucille Ball.

Também havia impressos de propaganda dos anos 1950, incluindo o de um ferro que prometia passar 30% mais rápido (e muitas mulheres estão usando!) e outro de compressas frescas para "olhos cansados".

Preso na parede acima de mim havia um pequeno televisor preto e branco exibindo *Os três patetas*. Estava impressionado com o trabalho que havia sido feito no local, não apenas por ter passado a noite num aterro de lixo. Peguei um cardápio do suporte cromado da mesa e dei uma olhada nas opções de café da manhã. Panquecas de banana com dois ovos apenas 2,99 dólares. Pãezinhos e molho ferrugem 3,49 dólares. Tudo parecia bom.

Nesse momento, a garçonete chegou. Ela tinha pouco mais de um metro e meio e não preenchia direito os jeans que estava vestindo. Tinha cabelos castanhos compridos, presos num rabo de cavalo e olhos escuros amendoados. Ela me olhou como se me reconhecesse.

— Olá. Belo chapéu.

— Obrigado.

— Sou Flo. — Sua apresentação foi redundante, já que seu nome estava bem visível, no enorme crachá redondo em seu peito.

— Flo — eu repeti. — Qual é o seu verdadeiro nome?

Ela sorriu. — Sabe, nos três anos que trabalho aqui, você é o primeiro a perguntar. É Ally.

— Prazer em conhecê-la, Ally.

Ela pousou as mãos nos quadris, depois perguntou: — Você está bem?

Fiquei surpreso pela pergunta. — Claro. Um pouquinho molhado. Muito molhado. Mas estou bem.

Ela assentiu. — Tudo bem. Está pronto para fazer seu pedido?

— Sim. Vou comer as panquecas de banana e os pãezinhos com molho ferrugem.

— Está com fome — disse ela, ao escrever. — Com fome e encharcado. Algo para beber?

— Suco de laranja e chocolate quente.

— Suco de laranja e chocolate quente — disse ela. — Volto já. Ela girou e saiu. Voltou um minuto depois com uma caneca. Havia uma nuvem de creme transbordando da caneca.

— Aqui está. Espero que goste de chantili em seu chocolate. Eu me empolguei um pouco. Se não gostar, eu posso tirar.

— Eu gosto de creme de chantili — eu disse.

— Bom.

— Você sabe alguma coisa dos bangalôs ali de trás?

— Sim. O que quer saber?

— Eles estão vagos?

— Tenho certeza que sim.

— Quanto custam?

— Uns cem dólares por noite.

— Têm água quente?

Ela sorriu. — Ora, claro que tem. São iguais a um pequeno quarto de hotel.

— Como faço para alugar um?

— Eu vou buscar um folheto.

Ela passou pelas portas vaivém e voltou com um pequeno folheto colorido. Assim como o restaurante, os bangalôs também eram tematizados. Tinha um com motivo do oeste, outro era um paraíso tropical e um do roqueiro Big Bopper, que parecia uma extensão do restaurante.

— Estão todos vagos. São 98 dólares por noite, mas tenho certeza de que posso lhe arranjar um desconto — disse ela.

— Obrigado.

Ally recuou da mesa. — E seu café da manhã deverá estar aqui em breve.

Ela voltou alguns minutos mais tarde, trazendo uma bandeja grande, com um porta-prato quente. — Aqui está. Cuidado, o prato está quente.

Os pãezinhos altos e ligeiramente marrons estavam cobertos com molho ferrugem e adornados com salsinha e páprica. Quando ela pousou o prato, eu notei duas cicatrizes grossas em seu pulso direito. Ela me pegou olhando e rapidamente recuou o braço, deixando-o ao longo do corpo.

— Falei com o proprietário — disse ela. — Ele diz que pode alugar o bangalô para você por apenas 59 dólares por noite. E você pode ocupá-lo imediatamente.

— Obrigada. Eu gostaria de fazer isso.

— Quando terminar de comer, eu o levarei para olhá-los. Precisa de mais alguma coisa?

Eu olhei a mesa. — Meu suco.

— É claro. Desculpe. — Ela correu de volta e retornou com o copo alto de suco de laranja. Ela o entregou com a mão esquerda. — Esse é por minha conta. Aproveite sua refeição.

— Obrigado.

A comida estava deliciosa. Os pãezinhos e o molho estavam especialmente bons. Quando terminei de comer, Ally voltou com minha conta.

— Mais alguma coisa?

— Não. Estou bem. — Eu lhe dei meu cartão de débito.

— Vou passar o cartão, depois lhe mostro os bangalôs.

Um momento depois, ela voltou com o meu cartão, a conta e três chaves presas em chaveiros que eram quase do tamanho de remos de barco. Em cada chaveiro tinha o nome do respectivo bangalô.

Assinei a nota, coloquei o chapéu, ergui a mochila e a segui saindo pela porta dos fundos.

O primeiro bangalô que ela me mostrou tinha uma decoração tropical. As paredes eram pintadas de cores vivas e folhagens, pássaros exóticos, papagaios. Eu não era muito meticuloso quanto ao lugar em que ficaria e disse isso a ela, mas Ally insistiu em me mostrar seu favorito — o Big Bopper.

— Acho esse o mais legal dos três — disse ela, destrancando a porta.

O interior estava limpo e pintado de verde azulado, da cor da caixa de presentes da Tiffany's. As paredes eram cobertas de fotos dos anos 1950: Sinatra, Brando, Elvis, mas, predominantemente, de Marilyn Monroe, o que incluía um grande pôster dela ajoelhada numa cama. A frente do quarto tinha um piso ladrilhado de preto e branco, um sofá e uma televisão.

A cozinha era pequena, com micro-ondas, uma mesinha laminada e duas cadeiras cromadas, uma geladeira pequena e um exaustor elétrico, uma pia de porcelana e dois dados de pelúcia pendurados no teto. O banheiro tinha banheira com chuveiro, cortinas plásticas com desenhos de silhuetas de garotas com saias rodadas.

— Isso é perfeito — eu disse. Pousei a mochila junto à parede da frente. — Fico com este.

— Você quer ver o bangalô do Velho Oeste?

— Não, você disse que esse é seu predileto. Vou confiar em sua palavra.

— Aqui está sua chave. — Ela caminhou até a porta da frente. — Trabalho até as sete esta noite, portanto se você precisar de qualquer coisa sabe onde me encontrar.

— Obrigado.

— De nada. Tenha uma boa estada.

Ela saiu e fechou a porta atrás de si.

A primeira coisa que eu fiz foi despejar o conteúdo da minha mochila, fazendo uma pilha no chão, da sala da frente. Tudo que eu tinha estava imundo, úmido e cheirava mal. Enchi a banheira de água quente, depois coloquei minha roupa, incluindo a que eu estava vestindo. Ajoelhei e lavei tudo com xampu. A água ficou cor de café fraco. Quando eu tinha lavado tudo, esvaziei a água da banheira e enchi novamente, com água escaldante e deixei a roupa de molho. Enrolei uma toalha na cintura, abri a porta da frente e sacudi a mochila, esvaziando os farelos, cereal e sujeira.

Voltei à banheira, abri o ralo e fui tirando peça por peça da água, torcendo e pendurando em todo lugar que encontrava: encosto de cadeiras, sofá, suportes de toalha, cabeceira da cama. Na cozinha, ao lado do exaustor, eu pendurei as roupas de que precisaria primeiro. Pensei em colocar a calça de brim no micro-ondas para secar, mas resolvi não fazê-lo. A última coisa de que eu precisava era de um incêndio.

Peguei uma lâmina de barbear nova na nécessaire de toalete e fui para o banheiro. Liguei o chuveiro e deixei o vapor subir, depois entrei e fechei a cortina. A sensação foi maravilhosa, ficar ali, em pé, com a água quente caindo em meu corpo, um córrego de água suja escorrendo pelo ralo. Ensaboei o rosto e o pescoço e me barbeei. Depois me esfreguei com o sabonete e um pano de mão.

Quando meu corpo estava limpo, fechei o ralo da banheira, deixei a água enchê-la e me deitei, colocando o pano sobre os olhos. Fiquei ali deitado por quase uma hora, relaxando meus músculos doloridos, assim como minha mente. Quando finalmente emergi, me sentia novo outra vez.

Eu me sequei, depois dei uma olhada na roupa que havia pendurado perto do exaustor. Estava quase seca, exceto pela cintura das calças, que sequei com o secador de cabelo.

Depois que estava vestido, caminhei de volta ao restaurante para almoçar. Eram cerca de duas horas e estava movimentado. Ally estava na frente e sorriu quando me viu.

— Como está seu quarto?

— Bom. Tomei um banho.

— Isso é sempre bom. Parece que você também fez a barba. Aqui, sente-se aqui. — Ela me levou até um reservado com sofá e me entregou o cardápio. — Sabe o que quer, ou precisa de um minuto?

Eu dei uma olhada no cardápio. — O que é o Elvis Burger?

— É um hambúrguer comum, só que com manteiga de amendoim e banana.

— Você está brincando, não é?

— Estou. É apenas... carnudo. Acho que cem trezentos gramas de carne e vem com batata frita e um picles grande.

— Carnudo é bom. Que tal esse, com um dos seus mundialmente famosos bolos de mirtilo.

— Muito boa escolha. Algo para beber?

— Só água.

— Água será.

Quinze minutos depois, ela trouxe minha comida. Também havia um prato grande de batata frita. — Isso é por minha conta. — Ela tocou meu ombro. — Apenas grite, se precisar de mais alguma coisa.

— Obrigado. — Enquanto eu comia, o restaurante foi tomado por um grupo de mulheres Amazonas de uniformes esportivos. Elas pareciam um time de voleibol. Ally pulava de mesa em mesa, como uma abelha num arbusto de azaleias. Terminei de comer e fiquei apenas sentado, esperando que ela voltasse. Eu estava perfeitamente contente em não ter pressa. Finalmente, Ally veio e trouxe a conta.

— Desculpe por ter demorado canto. Esses ônibus param aqui e *segura que lá vem*.

Eu ri com a expressão. — Sem problema. Você ganha o seu salário.

— Salário nada. Eu vivo de gorjetas. E todos esses garotos de faculdade são conhecidos por darem gorjetas ruins. Semana passada me deixaram uma bola de golfe. Você gostaria de mais alguma coisa?

— Sim. — Tirei o dinheiro da carteira e coloquei junco com a conta, certo de estar deixando uma gorjeta generosa.

— Eu quero lhe perguntar uma coisa.

Ela me olhou curiosa. — Tudo bem.

— Por que você me perguntou se eu estava bem?

Ela franziu as sobrancelhas. — Não sei. Eu só tive a sensação de que havia algo errado. Eu estava enganada?

— Não.

— Você está bem?

Eu sacudi a cabeça. — Não.

Ela me olhou pensativa. Depois disse: — Eu saio às sete horas. Se você não estiver ocupado demais, posso levar o jantar até seu bangalô, e nós podemos conversar. — Então, ela acrescentou: — Tudo bem se você quiser ficar em paz, eu entendo. Mas se quiser um pouco de companhia...

— Eu gostaria de um pouco de companhia — eu disse.

— Então, estarei lá por volta de sete horas. Às vezes, saio um pouquinho mais tarde. Depende do movimento. — Ela pegou a conta. — Reze para que não apareça nenhum ônibus.

— Farei isso. Pode ficar com o troco — eu disse.

— Obrigada. — Ela sorriu e caminhou de volta até a cozinha.

Eu voltei ao bangalô. Chequei minha roupa. Ainda estava meio úmida, então aumentei o termostato em mais alguns graus. Peguei meu diário de estrada e escrevi um pouquinho, depois recostei na cama e fiquei olhando o ventilador de teto girar, até cair no sono.

O quarto estava escuro quando acordei com uma batida na porta. Sentei-me e olhei em volta, momentaneamente me esquecendo de onde estava. Ouvi outra batida. Acendi o abajur e caminhei até a porta e a abri. Ally estava ali em pé, segurando dois sacos de papel numa das mãos e dois milkshakes junto ao corpo. Ela tinha mudado sua roupa de garçonete e estava de suéter e jeans.

— Eu te acordei?

— Não, eu só estava... — Eu sorri. — Eu estava dormindo.

Entre.

— Obrigada. — Ela caminhou diretamente até a cozinha falando comigo. — Eu trouxe uns sanduíches — nosso sanduíche Clubhouse, que tem três camadas, com peru, presunto, bacon e queijo, e um sanduíche de pão de carne. O Dan faz um pão de carne ótimo. Você pode comer o sanduíche que quiser. Eu também trouxe uma batata assada, uma porção de anéis de cebola frita e, claro, dois milkshakes de chocolate reforçados.

Ela colocou tudo na mesa da cozinha e os milkshakes na geladeira. — Você está pronto para comer?

— Sim... — Eu disse, olhando as cuecas brancas penduradas no encosto das cadeiras da cozinha —, mas provavelmente devo me livrar disso.

Ela sorriu. — Não por mim...

Juntei minha roupa íntima e puxei uma das cadeiras. — Sente-se.

— Obrigada.

Eu joguei as cuecas na cama, voltei e me sentei ao lado dela na mesa.

— Ao menos agora eu não tenho de perguntar se você usa cueca ou samba-canção — ela disse.

— Fico contente que isso esteja fora do caminho — eu disse. Ela pegou a comida nos sacos e colocou na mesa.

— Você trouxe o suficiente para um pequeno vilarejo.

— Não precisamos comer tudo — disse ela, arrumando os utensílios de metal à minha frente, com a eficiência de uma garçonete. — Eu detesto comer com talher de plástico. Que tal dividirmos os sanduíches?

— Por mim, tudo bem.

Ela já tinha cortado os sanduíches ao meio e me deu metade de cada. Ambos estavam bons.

— Você lavou sua roupa.

— É, só espero que tudo seque antes que eu tenha de ir embora. Pensei em secar as coisas no micro-ondas.

Isso a fez sorrir. — Má ideia — disse ela. — Então, o quarto é bom?

— É o Four Seasons, comparado ao lugar onde eu dormi ontem à noite.

— E onde foi?

— Uns oito quilômetros montanha acima. Achei umas cabaninhas.

Ela falou com a comida na boca — Eu sei de onde você está falando. São quatro ou cinco. Uma delas caiu.

— São essas.

— No verão, os adolescentes daqui vão para lá fazer festa.

Eu dei uma mordidinha no sanduíche de pão de carne. — Você é daqui?

— Não. Sou de Dallas.

— Como alguém sai de Dallas e vem parar no restaurante 59er?

— Eu tinha um namorado que se mudou para cá, para reformar o chalé da tia e eu vim junto. — Ela franziu o rosto. — Depois ele foi embora com outra pessoa.

— E a deixou aqui?

— Não estou acorrentada aqui. Eu gosto. Pelo menos por enquanto. Ninguém fica aqui para sempre. Exceto Dan.

— Quem é Dan?

— O dono do restaurante. — Ela mergulhou um anel de cebola frita no ketchup. — Você tem olhos bonitos — disse ela. — Tristes, mas bonitos.

— Obrigado.

— De nada. De onde você é?

— Seattle, mais recentemente.

Ela deu uma mordida. — E menos recentemente?

— Nasci no Colorado, fui criado em Pasadena.

— Eu passei um verão em Boulder, no Colorado. Fiz muitas caminhadas. Foi divertido. Há quanto tempo você está na estrada?

— Não muito. Cinco, seis dias.

— Para onde está indo?

— Embora.

Ela assentiu. — Isso é meio... vago.

— Quando deixei Belleuve, decidi caminhar o mais longe que pudesse, no continente, o que por acaso é Key West, Flórida.

— Você vai andar até Key West?

— Sim.

— Nossa. Quantos quilômetros são?

— Cinco mil, mais ou menos.

Ela pensou a respeito. — Eu te admiro. Acho que a maioria das pessoas sonha em fazer algo assim, mas nunca faz. A vida tem muitas algemas. E como é que alguém pode deixar tudo desse jeito? Você deve ter um emprego, amigos, família.

— Eu tinha.

— Você quer dizer até partir?

— Não, talvez se possa dizer que eles me deixaram.

Ela assentiu, como se subitamente tivesse compreendido.

— Quer falar a respeito?

Para minha surpresa, eu quis. — História clássica de quem tem tudo e acaba sem nada. Eu tinha uma vida perfeita. E em menos de seis semanas tudo se foi.

— Então, o que você fazia nessa vida perfeita?

— Eu era dono de uma agência de propaganda em Seattle. — Minha voz se abrandou. — Na verdade, dinheiro era só uma pequena parte disso. Um dia, minha esposa foi arremessada de um cavalo. Ela ficou paralisada do peito para baixo. Um mês depois, ela morreu por causa das complicações. Enquanto eu estava cuidando dela, meu sócio roubou minha agência e minha casa foi tomada pelo banco. Perdi tudo. Foi quando resolvi caminhar para longe.

— Você ficou com sua esposa todo o tempo?

Eu assenti. — É claro.

— Isso é muito legal. Lamento por sua esposa. Isso deve ter sido muito doloroso. — Eu concordei. — E lamento por esse canalha desse seu sócio. Há um lugar especial no inferno para gente como ele.

— Foi o que ouvi dizer.

Nós comemos em silêncio, deixando a intensidade da conversa assentar. Ela olhou para o meu prato quase vazio. — Gostaria do seu milkshake?

— Claro.

Ela pegou os dois na geladeira e voltou ao seu lugar, colocando uma caneca na minha frente. — Sua aventura tem um lado positivo. Com toda essa caminhada, você provavelmente pode comer tudo que quiser.

— Calculo que eu queime umas cinco mil calorias por dia. Provavelmente a mesma quantidade de calorias que tem nesse milkshake mundialmente famoso.

Ela sorriu. — Eu mesma fiz esse. Vale a pena. Pode confiar.

Eu ergui a colher.

— Quanto tempo você pretende morar aqui?

— Na verdade, eu não moro aqui. Moro no fim da estrada, em Peshastin. Mas não sei. Mais um ano ou dois. Acho que estou só esperando.

— Pelo quê?

Ela sacudiu os ombros. — Uma oferta melhor. — Ela deu outra colherada no milkshake e disse:

— E quanto a você? Está partindo de manhã?

— Pretendo. Qual é a próxima cidade grande?

— Ainda é Leavenworth, apenas o centro da cidade. Uns trinta quilômetros à frente. Já esteve lá?

— Não.

— Você se lembraria se tivesse estado. É uma atração turística.

— Que tipo de atração?

— Leavenworth era uma cidade que trabalhava com madeira. Mas quando a serralheria fechou, a cidade quase morreu. Então alguém teve a ideia de transformá-la numa aldeia da Bavária.

— Numa o quê?

— Uma aldeia da Bavária. Um pedacinho da Alemanha no meio de Washington. Agora você não pode nem espirrar se não for em alemão. Eles alegam possuir a maior celebração da Oktorberfest fora de Munique. Que pena, você vai perder o evento este ano.

— Má cronometragem — eu disse, contente por ter perdido.

— De qualquer forma, o plano deles deu certo. Hoje a cidade atrai milhares de visitantes por ano. Eles têm um centro urbano, parques e — ponto de interesse — o maior museu de quebradores de nozes do mundo. Tem tipo uns cinco mil quebra-nozes.

— Preciso ver isso — eu disse.

— Tenho certeza de que você verá — disse ela, brincalhona. — Sabe, é meio irônico, mas se tudo não tivesse dado errado com a cidade eles não estariam tão bem hoje. Isso mostra que nem todas as coisas ruins realmente são ruins. — Ela deu outra colherada no milkshake. — Você deve estar cansado de toda essa caminhada.

— Um pouquinho. Na subida de Stevens Pass, a neve não foi fácil.

— Aposto que sim. Como estão seus pés?

— Doloridos.

— Vem cá. — Ela levantou, pegou minha mão e me levou até o sofá. — Senta — disse ela. Eu sentei e ela sentou de pernas cruzadas no chão, à minha frente, e desamarrou minhas botas.

— Tem certeza de que quer fazer isso? — eu perguntei.

— Absoluta. Quer dizer, se você não se importar.

— Não vou impedir.

Ela tirou minhas botas e começou a massagear meus pés devagarzinho.

— Diga-me se estou fazendo muito forte ou muito devagar.

— Está no ponto — eu disse.

Por vários momentos, nós dois ficamos em silêncio. Eu não podia acreditar como era bom ser tocado. Recostei minha cabeça e fechei os olhos.

— Conte-me sobre você — disse ela.

— Acabei de contar.

— Aquilo foi o seu antigo eu. Ninguém passa por tudo que você passou sem mudar.

Eu abri os olhos. — O que você quer saber?

— O negócio para valer. Tipo, o que você vai fazer quando chegar em Key West?

— Não sei. Talvez eu simplesmente continue andando, mar adentro.

— Não faça isso — disse ela.

— O que mais você quer saber?

Ela pensou por um momento. — Você acredita em Deus?

— Essa é uma pergunta — eu disse.

— Tem uma resposta?

— Digamos que estou zangado demais com Ele para não acreditar.

— Você culpa Deus pelo que aconteceu com você?

— Talvez...

Ela franziu o rosto e deu para ver que aquilo a incomodou.

— Não tive a intenção de ofendê-la.

— Você não me ofendeu. Eu só fiquei pensando por que culpamos Deus por tudo, exceto pelo que é bom. Você o culpa por Ele tê-la dado a você? Quantas pessoas passam pela vida sem ter a experiência de um amor como esse?

Eu olhei para baixo.

— Não estou dizendo que você não tenha o direito de ficar zangado. A vida é dura. — Pelo tom, eu notei que havia mais coisas do que ela estava demonstrando. Lembrei das cicatrizes.

— Importa-se se eu perguntar o que aconteceu com seu pulso?

Ela parou de massagear meus pés. Olhou para baixo por um momento e, quando ergueu novamente os olhos para mim, havia uma força em seus olhos que eu não vira antes. — Bem, como eu disse — começou ela, baixinho —, a vida é dura. — Meu padrasto abusou sexualmente de mim dos sete aos doze anos, quando eu concluí que a única forma de sair daquilo era cortar os pulsos. Eu não sabia como fazer direito e só sangrei muito, enquanto uma vizinha ligou para a emergência. No hospital, uma assistente social conseguiu arrancar de mim o motivo por eu ter me cortado. Meu padrasto acabou indo para a cadeia por sete anos. Minha mãe me culpou por toda a situação. Ela me acusou de tê-lo seduzido e me deserdou. Portanto, com treze anos de idade, eu fui mandada para o primeiro de vários lares adotivos. Aos quinze, eu fugi do sexto lar, com meu namorado de dezenove anos, que um dia se cansou de mim e foi embora. Morei nas ruas de Dallas por quase um ano até ser pega roubando no Walmart e mandada para o Centro de Detenção Juvenil do Condado de Dallas. Foi quando conheci Leah. Leah não era jovem, era mais velha. Ela era uma das voluntárias comunitárias. Tornou-se minha amiga e mentora. Quando eu saí, ela quis que eu fosse morar com ela, mas eu só prometi ficar uma semana. Mas ela era tão boa para mim que eu fui ficando. — Ela sorriu ligeiramente pela lembrança afetuosa. — Fiquei com ela até fazer vinte anos e ir para a faculdade.

Ela puxou a manga, expondo as duas cicatrizes grossas no pulso. — É estranho, mas agora sou grata por elas. São lembretes.

— De quê?

Ela olhou nos meus olhos. — De viver.

Eu pensei no que ela tinha dito. — Quando McKale morreu, eu quase tirei minha vida tomando comprimidos.

— O que o impediu?

— Uma voz. — Eu me senti estranho dizendo isso, mas ela não parecia nem um pouco cética.

— O que disse a voz?

— Disse que a vida não era minha para que eu a tirasse. — eu esfreguei meu queixo. — Pouco antes de morrer, McKale me fez prometer que eu viveria.

Ela assentiu. — Acho que nós todos temos de fazer essa escolha. Eu encontro gente morta todo dia no restaurante.

— O que quer dizer?

— Gente que desistiu. Só isso que a morte exige de nós, que desistamos de viver.

Fiquei imaginando se era um deles.

— O negócio é que o único sinal verdadeiro da vida é o crescimento. E o crescimento exige dor. Portanto, escolher a vida é aceitar a dor. Algumas pessoas fazem um grande esforço para evitar a dor e abrem mão da vida. Enterram seus corações, ou se drogam, ou bebem até ficarem anestesiadas, sem sentir mais nada. A ironia é que no fim a fuga se torna mais dolorosa do que aquilo de que estavam fugindo.

Fiquei um tempo olhando para baixo. — Sei que você está certa. Mas não sei se consigo viver sem ela. Parte de mim morreu com ela.

— Eu sinto muito — disse ela, esfregando minha pele. Em seguida, disse — Sabe, ela não se foi de verdade. Ela ainda é parte de você. Qual parte é escolha sua. Ela pode ser uma fonte de gratidão e alegria ou pode ser uma fonte de amargura e dor. Isso é inteiramente por sua conta.

Nunca tinha me ocorrido que eu estava transformando McKale em algo ruim.

— Você precisa decidir olhar através da dor.

— O que quer dizer?

— Leah me ensinou que o grande segredo da vida é que nós encontramos exatamente o que estamos procurando. Apesar do que acontece conosco, acabamos decidindo se nossas vidas serão boas ou ruins, horríveis ou bonitas.

Eu repensei isso.

— Leah me contou uma história. Um jornal fez uma experiência. Não me lembro em que cidade foi, mas eles fizeram um homem entrar no metrô e tocar violino. Era hora do rush e milhares de pessoas passavam por ele enquanto ele tocava. Algumas pessoas jogavam dinheiro, mas, fora isso, a maioria nem prestava atenção. Quando ele terminou, simplesmente foi embora. O que ninguém sabia era que o músico era Joshua Bel! Um dos maiores violinistas do mundo. Ele tinha acabado de tocar no Carnegie Hall, com ingressos a cem dólares. A composição que ele estava tocando era uma das mais complexas e belas já escritas e ele tocava num violino Stradivarius de dois milhões de dólares. — Ela sorriu para mim. — Eu adoro essa história — disse ela. — Porque isso resume a vida de Leah. Ela teria parado para ouvir. Na noite anterior à minha partida para a faculdade, Leah me disse: "Ally, algumas pessoas nesse mundo pararam de procurar a beleza e depois se perguntam por que suas vidas são tão horrendas. Não seja como elas. A habilidade de apreciar a beleza é de Deus. Principalmente se apreciarmos nos outros. Procure a beleza em todos que você encontrar. Você vai achar. Todos trazem a divindade em si. E todos que conhecemos têm algo a dar.

Pensei em Wil, o homem sem teto, da hamburgueria Jack in the Box.

— Você ainda vê Leah? — perguntei.

— Não. Ela faleceu durante meu segundo ano da faculdade.

— Os olhos de Ally se encheram de lágrimas. — Ela morreu de câncer. Mas eu tive a felicidade de estar com ela antes que morresse.

Ela abaixou a cabeça por um momento, limpou os olhos e ergueu o olhar para mim. — Na noite anterior à sua morte, eu me sentei ao lado de sua cama. Ela passou a mão no meu rosto, depois me disse: "Quando você foi trazida ao centro de detenção, tudo que a Corte conseguia ver era uma jovem problemática. Mas eu soube que você era especial no instante em que pus os olhos em você. Eu estava certa, não estava? Nunca esqueça disso, Ally, Deus coloca as pessoas em nossas vidas por uma razão. Somente ajudando os outros é que nos salvamos."

Eu concordei lentamente.

— Foi por isso que você perguntou se eu estava bem hoje.

— Tive a sensação de que você era uma dessas pessoas que eu deveria encontrar.

— Fico contente por isso — eu disse.

Ela apertou o meu pé, afetuosamente. — É melhor eu deixar você deitar.

Minha cabeça ainda estava girando com as palavras dela. Eu não queria que ela fosse. — Você trabalha amanhã? — eu perguntei.

— Não. É meu dia de folga e eu prometi a uma amiga ajudá-la a pintar sua sala.

Eu levantei, peguei sua mão e a ergui. Nós caminhamos até a porta. Por um instante, apenas olhamos um para o outro. — Obrigado — eu disse. — Pela massagem, pela comida, pelo alimento do pensamento...

— Espero que tenha ajudado. — Ela se inclinou à frente e me abraçou. Quando nós nos separamos, ela disse:

— Você poderia me avisar quando chegar a Key West?

— Sim. Como irei achá-la?

— Estou no Facebook. Allyson Lynette Walker.

— Seu sobrenome é Walker (caminhante)?

Ela riu. — Sim. Deveria ser o seu.

Eu ri. — Prometo. Vou te mandar um pouco de areia.

— Eu gostaria disso. — E saiu.

— Ally — eu disse.

Ela se virou.

— Obrigado.

Ela se inclinou e me deu um beijo no rosto. — Tenha uma boa caminhada. — E saiu.

CAPÍTULO
Vinte e oito

Realmente não podemos julgar um livro pela capa. Conheci uma mulher muito intrigante hoje.

Diário de Alan Christoffersen

Na manhã seguinte, eu fiquei deitado na cama, pensando. Pela primeira vez, em dias, eu não estava tomado pela tristeza. Algo dentro de mim estava diferente. Profundamente diferente. Acho que eu sentia esperança. Ou talvez sentisse novamente alguma parte de McKale — a verdadeira McKale, e não o fantasma desesperado no qual eu a transformara.

Levantei, tomei banho, depois andei ao redor do bangalô juntando minhas coisas. Minha roupa estava seca, exceto por dois pares de meias grossas, que enrolei e guardei junto com o restante.

Tranquei o bangalô e fui andando até o restaurante, esperando que Ally talvez estivesse lá. Ela não estava. Sua substituta usava um crachá escrito Peggy Sue. Eu não perguntei seu nome verdadeiro.

Devolvi a chave do bangalô, pedi uma porção de panquecas de banana com o especial 59er: ovos mexidos com presunto, cebola, tomate e pimentão, com queijo cheddar derretido e creme azedo.

Por volta de oito e meia, eu estava andando novamente. A estrada ainda era em declive e seguia o rio Wenatchee, fluindo na mesma direção que eu estava andando, e não muito mais veloz.

Andei o dia inteiro, parando apenas alguns minutos para o almoço — uma banana, uma maçã e alguns bolinhos que finalmente tinha comprado no restaurante. Era toda a comida que eu tinha. Peggy Sue, a garçonete, me dissera que havia um mercado em Leavenworth, onde eu pretendia fazer um estoque de suprimentos.

Leavenworth era exatamente do jeito que Ally descrevera. A cidade parecia ter sido tirada dos Alpes e jogada no meio do Condado de Chelan.

A rua principal era perfilada com o Velho Mundo, postes europeus com flocos de neve decorativos pendurados. Havia pelo menos uma dúzia de hotéis e estalagens. Escolhi o que pareceu mais barato: Der Ritterhof Motor Inn.

Estar na cidade me deixou com vontade de comer comida alemã e eu encontrei o restaurante ideal. Pedi uma refeição completa: *Wiener schnitzel, Leberkdse, rotkraut e spdzle* com molho *jäger*.

Eu me lembrei de uma vez que levei McKale a um restaurante alemão. Ela ficou tão deslocada como um diabético numa fábrica de chocolate. Ela me perguntou se eles tinham alguma coisa além de salsichas gigantes. Acabei levando-a ao McDonald's depois para comer alguma coisa.

A lembrança me fez rir. Percebi que era a primeira vez que eu pensava em McKale e isso não fazia meu estômago doer. Deixei isso por conta da comida.

CAPÍTULO
Vinte e nove

Passei a noite em Leavenworth — um deboche de cidade da Bavária, em Washington. Fiz uma grande refeição alemã, que suponho viajará comigo pelos próximos quinze dias. Os alemães têm um ditado: "Por uma boa refeição vale até ser enforcado". Tenho certeza de que essa comida vai ficar comigo por um bom tempo.

Diário de Alan Christoffersen

Levantei logo após o amanhecer. Tomei banho e me vesti, depois caminhei até o outro lado da rua, ao Bistrô Espresso, onde pedi um café da manhã leve, com um folheado de queijo. Acho que eu ainda estava digerindo a refeição da noite anterior.

Terminei de comer e fui até o banco. Coloquei meu cartão na máquina e apertei o botão para ver meu saldo. Tinha 28.797 dólares. Quando deixei Bellevue, tinha menos de mil dólares na minha conta. Falene tem andado ocupada. *Eu amo aquela mulher*, pensei.

Voltei ao meu quarto, arrumei minhas coisas e deixei o hotel. Andei três quadras, até o Food Lion, onde fiz um estoque de tudo de que eu precisava (incluindo uma caixa de bolinhos de chocolate) e peguei a estrada.

Em menos de uma hora, passei por Peshastin, cidade de Ally. De alguma forma, deu uma sensação boa saber que ela estava em algum lugar perto.

Duas horas depois, cheguei à cidade de Cashmere. Havia pomares por todo lado, embora as árvores estivessem nuas na paisagem de inverno. Havia grandes ventiladores nos campos e fitas prateadas amarradas a todos os galhos de árvores.

Havia um galpão com o logo do suco de maçã Tree Top, pintado em sua lateral. Uma vez, eu havia tentado ganhar a conta deles. Não me lembrava por que não tinha conseguido.

Todo lugar para onde eu olhava havia sinais de frutas — maçãs, abricós, cerejas e peras — passei por pelo menos uma dúzia de barracas vazias na beira da estrada. O lugar era uma cidade fantasma fora da temporada.

Na periferia da cidade, me sentei na grama para almoçar — dois burritos embrulhados em papel alumínio, que eu tinha comprado na padaria do Food Lion.

Fiquei maravilhado de ver como de um dia para o outro a paisagem havia mudado totalmente. Agora era bem aberta e plana: um contraste profundo com as florestas densas e o terreno montanhoso de cada passo da semana passada. Caminhar numa estrada plana é muito mais fácil que escalar uma montanha, mas, levando-se tudo em conta, prefiro as montanhas. Eu gostava da segurança e da tranquilidade da floresta.

Logo na saída de Wenatchee, eu parei para um jantar simples, pão francês e manteiga de amendoim, que espalhei com meu canivete suíço. O centro da cidade ficava longe da estrada e eu não parei. Estava ficando mais ansioso para chegar a Spokane. Naquela noite, dormi embaixo de uma macieira sob as estrelas.

CAPÍTULO
Trinta

Hoje foi uma longa caminhada, em grande parte só havia pomares. A paisagem mudou totalmente. Essa terra é plana, como se a natureza tivesse passado um rolo de massa. Parei para ajudar uma mulher com problemas no carro.

✧ Diário de Alan Christoffersen ✧

À noite começou a chover e por volta de três da madrugada levantei e montei minha barraca, algo em que estava ficando perito. Quando acordei, ao raiar do dia, tinha parado de chuviscar, mas o solo estava molhado e até eu sair do pomar minhas botas estavam enlameadas. Fiz o melhor que pude para remover a lama e retomei a caminhada.

Na cidade de Orondo, a estrada se dividia e eu virei a leste, em direção a Waterville e Spokane. Eu estava no meio da região frutífera de Washington. Mais do que a paisagem, a cultura também havia mudado. Notei que a maioria das placas das lojas era em espanhol.

Comi pão com linguiça e ovos no posto de gasolina, perto da bifurcação entre Waterville e Orondo, e eu era a única pessoa na loja que não falava espanhol.

Alguns quilômetros depois, a paisagem ficou mais montanhosa e, por uma longa extensão havia um desfiladeiro à minha direita, com apenas uma faixa estreita para caminhar. A estrada estava escura e molhada e quase todos os carros que passavam espirravam água em mim. Notei que estava me sentindo bem mais forte do que quando havia iniciado a caminhada, já que meu ritmo quase não diminuiu.

Duas horas depois, começou a chover novamente. Parei para colocar o poncho e continuei andando.

Numa das curvas da estrada havia um carro encostado na lateral. O capô estava aberto e o pisca-alerta, ligado. *Lugar ruim para enguiçar*, eu pensei. Conforme me aproximei, eu vi o carro, um Malibu prata, erguido num macaco e dois pneus no chão, um bom e outro murcho.

Caminhei até a janela do motorista. Dentro do carro havia uma mulher sozinha. Ela era aproximadamente da minha idade, ou um pouquinho mais velha, trinta e poucos anos. Tinha cabelos louros caídos nos ombros e segurava o telefone celular. Um sachê de pinho e um crucifixo pendiam do espelho retrovisor, ao lado da foto de um menininho.

Sua porta estava trancada e o vidro erguido. Eu bati na janela e isso a assustou. Ela ergueu os olhos para mim com medo.

— Precisa de ajuda? — eu perguntei.

Ela abriu um pouquinho a janela.

— O quê?

— Precisa de ajuda?

— Não — disse ela, ansiosamente —, meu marido foi até a cidade pedir ajuda. Ele deve estar voltando.

— Está bem.

Não sei por que olhei para sua mão esquerda e notei que não havia aliança. Pensei em seguir em frente, mas nunca fui de deixar uma mulher em apuros, principalmente sozinha, num trecho tão perigoso. Dei uma olhada no pneu murcho.

— Ouça, você não está segura aqui. Parece que tem um estepe. Se for só um pneu furado, eu posso trocar.

Ela hesitou, entre o engano e o desespero. Finalmente, disse:

— Eu perdi... os negócios.

Eu não entendi. — Que negócios?

— Os negócios de metal. Os pinos.

Olhei novamente para a roda e vi ao que ela estava se referindo. Não havia pinos para prender. — O que aconteceu com eles?

— Eu tirei, mas...

Ela tinha tirado.

— ...Eles saíram rolando pela colina.

A lateral da estrada era íngreme por uns trinta metros abaixo. Já era.

— Como foi que isso aconteceu?

— Sou desastrada.

Nada de pino. Provavelmente, sem sinal no celular. Ela estava provavelmente sentada ali esperando que uma patrulha rodoviária passasse, algo que, levando-se em conta o local onde estávamos, poderia ser uma espera bem longa. — Importa-se se eu colocar para você?

Ele me olhou intrigada. — Não tem nada com que prender.

— Nós podemos pegá-los emprestados — eu disse.

Ela ainda estava envergonhada, mas cedeu. — Acho que sim.

— Seu freio de mão está puxado?

— Sim.

— E está no ponto morto?

— Sim.

Eu pousei minha mochila. Peguei a chave de roda e tirei um pino de cada uma das outras rodas, montei o estepe e apertei os pinos. Seria o bastante para levá-la até seu local de destino. Desci o carro do macaco, coloquei o pneu furado, a chave e o macaco dentro da mala e bati a porta. Caminhei de volta até sua janela.

— Agora está legal. Tirei um pino de cada uma das outras rodas. Apenas leve a uma oficina quando chegar em casa.

Pela primeira vez, eu a vi sorrir. — Obrigada.

— Não tem de quê. — Eu peguei minha mochila e pendurei nos ombros. — Tenha um bom dia.

— Espere. Posso pagá-lo?

— Não. Cuide-se. — Arrumei meu chapéu e continuei andando. A mulher esperou passar um carro que estava vindo, depois eu ouvi as pedrinhas do acostamento voando dos pneus, conforme ela entrou na estrada. Ela dirigiu devagar ao passar por mim e encostou fora da estrada, a uns quinze metros à frente, onde havia um ligeiro desvio. Quando alcancei seu carro, ela tinha abaixado o vidro.

— Posso pelo menos lhe dar uma carona? Não há nada nesta estrada durante quilômetros. E está chovendo. Você vai se molhar.

— Estou acostumado a me molhar — respondi. — Obrigado, mas estou bem. Apenas feliz em ajudar — eu disse. — Eu parecia tão magnânimo quanto o Super Homem (*apenas fazendo meu trabalho, senhora*), algo que, francamente, me incomodou. Einstein disse: "Prefiro o silêncio à ostentação virtuosa". Eu concordo.

A mulher pareceu nervosa por sua inabilidade em me ajudar. Ela pegou a bolsa, tirou um cartão e me entregou.

— Aqui, se precisar de alguma coisa, apenas ligue. Este é o meu celular.

Peguei o cartão sem olhar e o enfiei no bolso da frente das calças. — Obrigado.

— Não, obrigada eu. Tenha um bom dia.

— Você também.

Esperei que ela saísse, depois comecei a caminhar novamente. Observei seu carro desaparecer numa curva. Fiquei imaginando por quanto tempo ela teria ficado presa ali, e o que teria lhe acontecido se eu não aparecesse.

A chuva tinha parado e o sol ia alto quando cheguei à pequena cidade de Waterville. A estrada passava pelo meio da cidade, e a cafeteria local era apropriadamente chamada de Highway 2 Brew. Parei para tomar um café, um bolinho de oxicoco com laranja e um biscoito de chocolate. Sentei numa mureta de concreto do lado de fora da cafeteria para estudar meu mapa.

Aparentemente, eu estaria caminhando pela vastidão selvagem pelos próximos dias, o tipo de terreno onde você acelera o carro, com seu som bem alto. Estava ansioso para atravessá-lo.

As casas de Waterville perfilavam a estrada e foi a primeira vez, desde que eu deixara Bellevue, que andei por um subúrbio, mesmo um pequeno como esse.

Achei Waterville um nome peculiar para uma cidade que parecia o Vale da Morte, comparada à que eu acabara de atravessar. Em princípio, acreditei que o nome realmente fosse uma manobra de marketing, como, digamos, Greenland, que, incidentalmente, é tão verde quanto um cubo de gelo e muito mais fria. Então, lembrei-me do que tinha aprendido sobre batismo de cidades e concluí que algum senhor Waterville teria sido dono de um banco ou das hipotecas de todo mundo.

Imaginei o que as pessoas de uma cidade pequena como esta tinham como entretenimento, até que vi a sorveteria Randy's Ice Cream e o Campo de Golfe Putt Putt. Estou apostando que o cidadão mediano de Waterville podia dar uma tacada com o famoso jogador de golfe Jack Nicklaus.

Depois de mais 32 quilômetros, cheguei a Douglas. Não havia serviço na estrada, então caminhei uns noventa metros saindo da rodovia e armei minha barraca. Conforme o sol se punha, começava a esfriar e eu queria fazer uma fogueira, mas não havia nada para queimar.

Pela primeira vez em minha jornada peguei o fogareiro portátil e o acendi. Abri uma lata de espaguete que tinha comprado em Leavenworth, arranquei o rótulo e coloquei a lata na chama de propano, até que começasse a ferver. Infelizmente, eu tinha esquecido os talheres. Peguei um pedaço de pão francês e usei para pegar o espaguete. De sobremesa, comi um bolinho de chocolate. Fiz uma bolinha com o rótulo e joguei num coelho que estava me olhando, perto do meu acampamento. Errei.

Pela primeira vez naquela semana, as estrelas estavam visíveis. Para mim, era um daqueles momentos em que olhamos o céu noturno e nos sentimos notoriamente insignificantes. Isso foi algo esperançoso. Talvez Deus tivesse mais ocupações do que arruinar a minha vida. Entrei na barraca e fui dormir.

CAPÍTULO
Trinta e um

É chegada a hora, disse o caminhante, de falar de muitas coisas. De círculos na plantação, objetos voadores não identificados e turistas que vieram por esse motivo.

(Minhas desculpas a Lewis Carroll)

Diário de Alan Christoffersen

Os dias seguintes de viagem foram tediosos e esquecíveis. Eu caminhei de Douglas a Coulee, de Coulee a Wilbur e de Wilbur a Davenport, fazendo uma média de 45 quilômetros por dia.

Felizmente, ao longo do caminho havia lugares para ficar e comer. Em Coulee, eu fiquei no Ala Cozy Motel e comi um burrito no posto Shell Big Wally's and Bait and Tackle Shop. Eu gostaria que eles vendessem camisetas.

Coulee dava uma sensação de cidade industrial e me fez sentir ainda mais falta da caminhada nas montanhas. Percebi o quanto tive sorte de ter caminhado na natureza, com seu poder curativo, na primeira parte do meu trajeto. Nessa paisagem não havia nada a fazer, exceto caminhar e pensar.

Foi uma caminhada de quase cinquenta quilômetros até Wilbur — a maior cidade que eu passei em dias. Wilbur era uma cidade apropriada, com um banco, uma imobiliária e uma clínica médica. Parei no Hotel Eight Bar B, que alegava ter os "maiores quartos do país", o que parecia um argumento razoável. O hotel ficava localizado ao lado de uma lanchonete chamada Billy Burger.

Deixei minha mochila no quarto e fui ao Billy Burger comer alguma coisa. Eu estava faminto e pedi o Wild Goose Bill Burguer, batizado segundo o fundador de Wilbur, Wild Goose. Eu tinha certeza de que havia uma história ali, mas não cheguei a perguntar.

As paredes do Billy Burger eram perfiladas com a maior (e única) coleção de saleiros e pimenteiros que eu já tinha visto, incluindo um par de dados com Vegas escrito em purpurina dourada, uma dupla de dançarinas de hula, duas peças politicamente incorretas do Little Black Sambo, uma secadora e uma lavadora de roupa e um JFK sentado.

Eles também vendiam camisetas do Billy Burger e um livro contando a história de Wilbur, que eu seriamente duvido que algum dia chegue à lista de mais vendidos do New York Times, embora coisas estranhas já tenham acontecido.

Eu tinha notado que quase tudo em Wilbur começava com a letra B e perguntei o motivo a Kate, moça do caixa.

— Boa pergunta — disse ela. — Um figurão, cidadão de Wilbur, Benjamin B. Banks, teve oito filhos e ele e a senhora Belva deram a todos eles nomes que começavam com B. Ele era muito trabalhador e fez todos os seus filhos começarem seus próprios negócios para custearem seus estudos universitários.

Billy Burger foi projeto de Billy, mas ele o vendeu quando foi embora estudar. Isso também explicava o Eight Bar B Hotel. Enquanto comia, notei uma placa na parede.

Certificado de premiação
Obrigado aos aliens que transformaram
Wilbur em seu destino de férias.

Abaixo da placa havia uma página dupla de jornal, com fotos dos círculos nas plantações. Eu já tinha visto essas fotos em algum lugar, mas não sabia que tinham vindo de Washington. Levantei para ler a matéria.

Aparentemente, a cidadezinha de Wilbur havia sido abençoada com círculos na plantação, não apenas uma vez, mas duas. A primeira havia sido descoberta por um pulverizador de plantações, na primavera de 2007. A segunda apareceu dois anos depois, em 2009.

Eu perguntei a Kate:

— Isso aconteceu aqui?

— Pode apostar. Duas vezes. No terreno de Jesse Beale.

— O que é? — perguntei. — Adolescentes locais pregando uma peça?

As sobrancelhas da mulher caíram. — Não, senhor. Ninguém aqui fez isso. Veio do céu. Não havia trilhas entrando nem saindo do campo. As trilhas vistas nesta foto são dos turistas e dos caçadores de objetos voadores não identificados.

— Turistas vieram ver isso?

— Sim, senhor. Do mundo inteiro. Isso realmente colocou Wilbur no mapa. Eles vieram usando capacetes de futebol forrados com papel-alumínio e túnicas de Jesus. O senhor Beales diz que esses alienígenas lhe devem quinhentos dólares e ele vai obtê-los, mesmo que tenha de dar uma sova em seus traseiros verdes.

— Isso seria uma manchete e tanto: *Fazendeiro ataca alienígenas com forcado. Mundo destruído.*

A mulher não sorriu.

— O senhor Beales deveria simplesmente cobrar dos turistas — eu disse.

Ela me olhou como se eu tivesse acabado de resolver o problema da fome mundial. — Mas essa é uma ideia muito boa. Vou falar isso da próxima vez que ele vier aqui.

— Então, você acha que os círculos na plantação foram feitos pelos alienígenas?

— Não, senhor.

Eu virei para olhá-la. — Mas você disse que eles vinham do céu.

— Força Aérea — disse ela, baixando o tom de voz, para não ser ouvida. — Eles que fizeram isso.

— A Força Aérea que fez?

— Sim, senhor. Temos a Base Fairchild da Força Aérea no fim da estrada. Eles estão sempre fazendo pesquisas secretas.

Provavelmente é algum raio laser novo, de alta tecnologia.

Pensei em outra manchete, mas guardei para mim. *Força Aérea declara guerra ao fazendeiro Beales e queima um círculo na plantação.*

— Claro que pode ser simplesmente um alienígena — ela cedeu. — É um mundo estranho em que vivemos. Nunca se sabe.

— Não — eu concordei —, nunca se sabe. — Sentei-me novamente e terminei de comer. — Este hambúrguer estava muito bom. Obrigado.

— Temos milkshakes também. Famosos nas galáxias.

CAPÍTULO

Trinta e dois

É bom andar, mesmo quando você
tem algum lugar para onde ir.

Diário de Alan Christoffersen

Fiquei tentado a parar e ver os círculos na plantação, mas não curioso o bastante para acrescentar aos meus quilômetros.

Treze quilômetros depois de sair de Wilbur, parei para tomar café numa cafeteria à beira da estrada, numa cidadezinha chamada Cresron, à qual, casualmente, achei ter um nome bem melhor para uma aterrissagem alienígena.

Pedi pãezinhos, presunto frito e ovos mexidos, que temperei com molho Tabasco. O chef e proprietário do café (ele se apresentou com o senhor Saville) era um veterano da Guerra da Coreia que estava ficando calvo, tinha uma tatuagem dos marines e o porte de um *chef* de espelunca.

Parecia que o senhor Saville não conversava há alguns anos, já que ele falava sem parar sobre qualquer coisa que lhe vinha à cabeça, embora a maior parte do que lhe ocorria envolvesse a conspiração da Ordem do Novo Mundo, o Populista, candidato presidencial de 1992 e ex-comandante da Força Delta, "Bo" Gritz.

O senhor Saville vivera toda a sua vida em Creston e se orgulhva em me contar que Harry Tracy, último membro sobrevivente da gangue Hole in the Wall, havia sido morto num rancho de Creston, a menos de cinco quilômetros do café. Imagino que toda a cidade tenha de reivindicar sua fama.

Paguei a conta, prometi que compraria um livro do senhor Gritz e parti novamente. Foi uma caminhada longa e tediosa, e o ponto alto da tarde foi assistir a um puma atravessando a estrada, a uns quarenta metros à minha frente. Não tinha certeza se deveria ou não me preocupar com o animal. Eu havia lido que pumas raramente atacam humanos, e geralmente só quando estão rábicos, o que não é uma ideia muito confortante, e, se eu pudesse escolher, preferiria ser atacado por um felino que não estivesse com raiva. Só para garantir, peguei um pedregulho na lateral da estrada, o que acabou sendo um desperdício de ação, já que o animal tinha sumido quando me levantei novamente.

Caía a noite quando cheguei à cidade de Davenport — uma cidade de verdade, com um Lion's Club na entrada. Também tinha um restaurante mexicano até bom, onde pedi um burrito de chili verde com flã de sobremesa. McKale sempre pedia flã de sobremesa.

Quando estava pagando minha conta, perguntei à garçonete onde eu poderia passar a noite. A forma como ela me olhou me deixou ligeiramente desconfortável e temi que ela fosse sugerir sua casa. Fiquei aliviado quando ela sugeriu a Pousada Morgan Street, apenas a algumas quadras de distância, seguindo pela rodovia. Deixei uma gorjeta de cinco dólares, ergui minha mochila e segui caminhando em busca da hospedaria.

CAPÍTULO
Trinta e três

A proprietária da pousada já tinha passado por Bali, China, Nepal, Europa e morte. Mas não nessa ordem.

Diário de Alan Christoffersen

A pousada Morgan Street era uma casa de estilo vitoriano, construída em 1896. Era simples em relação aos temas vitorianos, embora ainda tivesse algumas volutas, uma aresta grande e uma torre Queen Anne, com a cúpula em formato de sino.

McKale teria adorado este lugar, pensei. McKale era conhecedora de pousadas. Como já escrevi, seu plano surpresa para nosso fim de semana perdido era ficar numa pousada nas Ilhas Orcas. Ela tinha feito uma lista de pousadas no Nordeste Pacífico e no intervalo de alguns meses sempre íamos a uma delas. Uma vez, quando eu estava ocupado demais no trabalho, ela ficou numa delas, sozinha.

Abri o portão de ferro e caminhei até a varanda. A porta da frente estava trancada, então toquei a campainha e quase imediatamente ouvi passos. Um trinco de corrente deslizou, a porta foi aberta por uma mulher de meia-idade, cabelos grisalhos e óculos de armação azul. Ela estava vestindo um suéter amarelo, por cima de um vestido de estampa vermelha.

— Pois não?

— Oi. Vocês têm vaga?

Ela sorriu. — Sim, temos. Pode entrar. — Ela recuou da porta.

Ao entrar, vi um tapete persa. A sala era aquecida e elegante.

— Pode colocar sua mochila aqui — disse ela, apontando o chão ao lado da escada.

— Obrigado.

Ela caminhou até a escrivaninha vitoriana de mogno, junto à parede, e pegou um formulário de registro. — Está sozinho?

— Sim, senhora. — Eu tirei a mochila do ombro e a coloquei junto à parede.

— Seu nome, por favor.

— Alan Christoffersen.

Ela ergueu os olhos. — É parente do cantor?

— Não. Mas se escreve igual.

Ela voltou à ficha. — Muito bem. Só temos um hóspede esta noite, então você pode escolher o quarto. Todos são bons, a menos que não goste de escada.

— Não me incomodo com a escada. — Todos também são o mesmo preço, menos a suíte de lua de mel. Imagino que você não queira essa.

— Não, senhora.

— Meu nome é Colleen Hammersmith. Mas pode me chamar de Colleen.

— Obrigado.

— Vou colocá-lo no quarto verde. Tem um colchão e edredom novos, que eu mesma escolhi. Só preciso de seu cartão de crédito e de alguma identificação.

Peguei a carteira e tirei o essencial. — Aqui está.

Ela pegou o cartão, depois me devolveu, junto com a habilitação, um recibo e uma caneta. — Assine aqui, por favor.

Eu assinei o formulário.

— E aqui está sua chave. — Ela me entregou uma chave de bronze. — Você está no quarto C, à direita, no alto da escada. O banheiro fica no fim do corredor, mas você é a única pessoa no segundo andar esta noite. Meu quarto fica aqui embaixo, no fim desse hall, à esquerda, ao lado da cozinha. Por favor, avise se precisar de qualquer coisa.

— Obrigado. Tenho certeza de que ficarei bem. — Eu peguei a mochila e a carreguei para cima. Destranquei a porta e entrei. O local estava iluminado por um abajur de bronze, e eu acendi a luz do teto.

O quarto era limpo e feminino, decorado de um jeito tipicamente vitoriano, com paredes beges adornadas com flores emolduradas — lírios e narcisos — e um espelho com moldura dourada e caixinhas sombreadas, com brinquedos antigos. Havia um armário alto, de estilo francês, uma mesa redonda de tampo de couro, com pés de patas. No centro do quarto, havia uma cama grande, com uma cabeceira sólida de mogno e um edredom florido, com almofadas de babadinhos.

Tirei a mochila e a encostei na parede, tirei o casaco e coloquei em cima da mochila. Caminhei até a janela e abri a cortina. A única vista era da funerária estadual e um estacionamento do outro lado da rua. Baixei a persiana, tirei a roupa, colocando-a no pé da cama. Puxei o edredom, depois empilhei as almofadas e deitei na cama. Os lençóis tinham um cheiro fresco, como os que McKale tirava da secadora. Na verdade, o quarto todo cheirava bem, a lavanda, e notei um sachê de tecido lilás, na mesinha de cabeceira. A experiência estava bem distante da cabana onde eu acampara no começo da semana. Enquanto fiquei ali deitado bateram na porta. Na verdade, parecia mais um chute.

— Só um minuto — eu disse. Levantei, vesti o robe que estava pendurado na porta do armário e abri a porta. A senhora Hammersmith estava ali, equilibrando um cesto de bolinhos num dos braços e segurando um pires e uma xícara com água fervendo e um cestinho com saquinhos de chá e adoçante.

— Achei que talvez quisesse um chá antes de ir para a cama.

— Obrigado.

Ela passou por mim, colocando tudo na mesinha. — Há uma colher no móvel. — Ela sorriu para mim. — Nada como um chá quente para ajudar a dormir bem. — Ela caminhou até a porta. — Não vou mais incomodá-lo. Boa noite.

— Boa noite. — Eu já ia fechando a porta.

— Senhor Christoffersen, eu me esqueci de perguntar, a que horas gostaria de tomar o seu café?

— Talvez umas sete, sete e meia.

— Levanto cedo e já terei feito minhas palavras cruzadas a essa hora. Vou fazer uns bolinhos de mirtilo e fritada. O senhor come presunto?

— Sim.

— Então será fritada com queijo cheddar e presunto. — Ela virou e seguiu escada abaixo. Tranquei a porta, depois apaguei a luz, deixando o quarto iluminado somente pelo abajur.

Sentei na cama e coloquei um saquinho de chá na xícara. Enquanto fundia, dei uma mordida no bolinho. Estava bom, mas eu ainda estava satisfeito do jantar e o coloquei de volta no cesto. Ergui o saquinho de chá, tirando da xícara e coloquei no pires, depois coloquei dois saquinhos de adoçante. Mexi com a colher e pousei o pires na mesinha de cabeceira. Lentamente bebériquei o chá.

O quarto era confortável e aquecido, mas eu não estava feliz ali. O ambiente era semelhante demais ao que McKale e eu tínhamos experimentado juntos. Era como ir a uma festa onde faltava a anfitriã.

Meu coração doeu e comecei a temer a chegada de outro ataque de pânico. Pousei o meu chá, apaguei a luz e entrei embaixo das cobertas, torcendo para adormecer antes que o pânico me encontrasse.

Acordei às sete e pouco, o sol matinal entrava pelas frestas da cortina. Vesti o robe, peguei uma roupa limpa e caminhei pelo corredor, até o banheiro, onde tomei banho e me barbeei. Ao caminhar de volta para o quarto, ouvi o tilintar da louça, lá embaixo, na sala de jantar. O cheiro delicioso de comida caseira exalava até lá em cima.

Pendurei o robe, peguei meu atlas na mochila e desci. Para minha surpresa, não havia outros hóspedes na sala de jantar. A senhora Hammersmith sorriu quando me viu.

— Bom dia, senhor Christoffersen — disse ela alegremente.

— Pode me chamar de Alan — eu disse.

— Alan — respondeu ela. — Tenho um sobrinho chamado Alan. Ele é um violoncelista bem talentoso.

— Nesse caso, só temos o nome em comum — eu disse. — Minhas habilidades musicais estão praticamente resumidas ao meu iPod.

Ela sorriu. — Espero que esteja com fome. Sempre tive dificuldade em cozinhar para pouca gente e sempre faço comida demais.

— Estou faminto. Onde quer que eu me sente?

— Onde preferir. Aquela mesa perto da janela é agradável.

Fui até a mesa e me sentei. — Sou o único hóspede aqui?

— Agora é. Os Gandley partiram a apenas alguns minutos antes de você descer. Gigi estava ansiosa para chegar em casa, em Boise. Gostaria de café?

— Sim, por favor.

Ela foi até um aparador pegar a cafeteira. — Dormiu bem? A cama estava boa?

Eu não tinha dormido bem, mas não tinha nada a ver com a cama. — A cama é ótima, bem macia.

— Não macia demais, espero. É um colchão novo. Que tal o quarto?

— O quarto é lindo. Minha esposa... — Eu parei.

— Sua esposa?

— Nada — eu disse.

Ela me olhou por um instante, depois começou a servir o café.

— Fico contente em saber que gostou do quarto. Tenho de lhe dizer que uma pessoa reclamou da vista da funerária. Pessoalmente, eu só acho que eles temem a morte.

— Bem, eu posso entender isso. Todos temem a morte.

Ela parou de servir e pousou a cafeteira numa mesa próxima.

— Eu não — disse ela. — Pelo menos, não desde que eu tinha doze anos.

Olhei-a, curioso. — Por que doze anos?

— Porque foi quando eu morri— disse ela. — Já volto com seu café da manhã.

Ela saiu da sala de jantar me deixando digerir a afirmação que fizera tão casualmente, como se isso não exigisse explicação. Voltou uns três minutos depois carregando um prato.

— Aqui está sua fritada de presunto e queijo. E esse é um bolinho de framboesa. Você vai adorar. Peguei a receita da padaria Magnólia, da cidade de Nova York. É do outro mundo.

Ela pousou o prato à minha frente. Eu tinha menos interesse na comida do que naquilo que ela dissera.

— O que quis dizer quanto a morrer quando tinha doze anos?

— Só que morri.

Eu me perguntei o que eu não estava percebendo. — Mas está viva.

— Não, eu voltei.

— Da morte?

Ela assentiu.

Sempre fui fascinado por histórias de experiências de quase morte. — Poderia me contar a respeito?

Ela me olhou por um momento depois disse: — Acho que não. As pessoas ficam um pouco... — ela cuidadosamente escolheu a palavra — ...aborrecidas a respeito.

— Por favor. Isso significa muito para mim.

Ela me olhou por um instante. — Está bem. Você come e eu falo.

Ela se sentou na cadeira à minha frente. — No verão em que eu tinha doze anos, eu e meu irmão subimos numa árvore que havia em nosso quintal da frente. Não notamos que a árvore tinha crescido por cima dos cabos elétricos e, quando escava subindo, acidentalmente agarrei um cabo. Tudo que me lembro foi do clarão e um estrondo ruidoso. Sete mil volts passaram pelo meu corpo. Chegou a abrir buracos nas solas do meu tênis. Derreteu minha carne onde eu toquei e me deixou com isso. — Ela mostrou a mão. Havia uma cicatriz profunda nos seus dedos. Ela me olhou. — Você não está comendo.

— Desculpe. — Eu dei uma garfada forçada.

— Caí no chão, de uma altura de mais de três metros. Meu irmão desceu da árvore e saiu correndo, gritando por minha mãe. Sei disso porque o segui até a casa. Não percebi o que estava acontecendo, até que a porta bateu e eu passei através dela.

Olhei-a, intrigado. — Quer dizer, seu fantasma?

— Meu espírito — disse ela, como se a palavra fantasma a incomodasse. — Minha mãe veio correndo, e todos nós fomos ver meu corpo. Eu vou lhe contar. É algo bem peculiar olhar para você mesmo. Você não pensa a respeito, mas a percepção de nós mesmos é o que vemos nas imagens do espelho, sempre bidimensional. Eu percebi que realmente nunca tinha me visto antes. Não da forma como os outros me veem. Eu parecia diferente do que eu pensava. Minha mãe começou a sacudir meu corpo e lá estava eu, em pé, ao lado dela, olhando-a fazer aquilo. Eu disse: "Estou aqui, mãe". Mas ela não conseguia me ouvir. Ela só colocou o ouvido em meu peito. Subitamente, vi uma luz à minha frente. Você ouve as pessoas falarem sobre a luz. Acho que ela veio a mim. Estava bem ali, passando através de mim. E então eu estava em outro lugar e havia um Ser de luz ao meu lado. Eu tive uma sensação de pura alegria, como nos melhores momentos de minha vida, todas as manhãs de Natal e férias de verão e novos amores, tudo veio junto. A sensação era indescritível. O Ser me disse que eu não deveria estar ali ainda e precisava voltar à Terra. Lembro-me de que eu não queria voltar. Implorei que me deixasse ficar com Ele. Mas Ele disse que eu iria apenas por um breve tempo, depois poderia voltar para terminar minha missão. Então, subitamente, eu estava de volta ao meu corpo. Estava deitada no chão e comecei a chorar de dor. Minha mãe me disse que naquela noite ela não ouviu meu coração batendo e achou que eu estivesse morta. Só depois de vários anos contei a ela o que tinha acontecido comigo.

— Ela acreditou?

— Sim. Ela sempre acreditou em mim. Nunca dei motivo para que duvidasse.

— O que ela achou?

— Não tenho certeza do que ela achou, mas disse que ficou contente por eles me fazerem voltar.

— O que disse antes sobre sua missão?

— Todos têm um propósito para vir à Terra. Eu não tinha terminado o meu.

— Então, qual é a sua missão?

— Nada que saia nas manchetes, se é isso que está imaginando. Na verdade, eu passei a vida tentando descobrir. Levei vários anos para concluir que a busca era o caminho. Foi simples. Minha missão é viver. E aceitar o que vem em minha direção, até que eu volte para casa. Minha *verdadeira* casa.

— Você parece tão ávida para voltar.

— Acho que estou. Não estou morrendo de amores pelo que terei de passar para chegar lá, mas, vou lhe dizer, vale a viagem. É meio como uma viagem a Bali.

— Já foi a Bali? — eu perguntei.

— Bali, Nepal, Itália, China, Taiwan. Só porque moro em Davenport não significa que não vi o mundo.

— Sorte sua ter tido essa experiência.

— As pessoas dizem isso, mas eu não sei. Tornou minha vida mais difícil. Eu sempre me senti diferente, como se não pertencesse a esse lugar. Mas, eu imagino, esse é o sentido. Nenhum de nós pertence. Conforme fiquei mais velha, tive muitas perguntas. Conversei com um psiquiatra, mas ele achou que eu fosse maluca e me receitou Prozac. Contei a um padre, e ele me disse para não falar a respeito. Eu nunca entendi isso. Quando tinha dezenove anos, descobri que há grupos de pessoas que já tiveram experiências como a minha. Então fui a uma conferência. Aquilo respaldou o que eu tinha experimentado, mas as pessoas não eram realmente felizes. Pessoas que já tiveram experiências de quase morte têm problema em manter empregos ou continuar casadas. Acho que simplesmente ficamos entediados com o que há aqui. Gente normal não sabe de mais nada, então vive como se a vida aqui fosse tudo. Como a senhora Santos, no fim da rua, no Rancho Delgado. O mais longe que ela já esteve de casa foi em Seattle. Ela não faz ideia do que tem por aí. Ela não consegue compreender a névoa que se eleva do lago Sun Moon, ou a forma como o sol doura os vinhedos italianos de Chianti. De certa forma é assim que são os abraçadores da vida.

— Abraçadores da vida?

— Eu inventei esta expressão. São as pessoas que se agarram a essa vida, pois acham que é só isso. Mas são umas tolas, pois acreditam que podem se agarrar a essa vida. Tudo nesse mundo passa. Tudo. Você não pode manter uma única coisa. Mas Deus sabe que elas tentam. Algumas pessoas até congelam seus corpos, para que possam ser despertadas novamente em algum tempo futuro. Tudo que têm a fazer é olhar em volta e ver que nada aqui dura.

— Bem, nem todos nós temos a vantagem de ver do outro lado — eu disse, meio na defensiva.

— Não, mas há provas da existência do outro lado por toda parte. Apenas pergunte a qualquer um que trabalhe com a morte, como médicos geriatras e funcionários de hospícios. Qualquer um deles lhe dirá o que acontece quando alguém morre. Com que frequência alguém que está morrendo olha para cima e cumprimenta um visitante do outro lado. É a regra, não a exceção. Mas ninguém nunca fala a respeito. Não querem nem falar sobre a morte, como se não falar pudesse afastá-la. Como você pode entender a vida se não entender a morte? — Ela olhou para o prato. — Agora você não está comendo. Deixe-me esquentar isso para você.

Ela levou meu prato à cozinha. Ironicamente, o que ela dissera sobre os abraçadores da vida era a mesma ideia que eu tivera sobre os habitantes das cidadezinhas por onde havia passado, imaginando se eles sabiam que existia um mundo inteiro lá fora. Mas a verdade é que eu não era diferente deles. Eu era um abraçador da vida.

A senhora Hammersmith voltou, alguns minutos depois, carregando meu prato com uma luva para pratos quentes. — Cuidado. O prato está um pouquinho quente. — Ela pousou o prato à minha frente.

— Obrigado. — Eu ergui o garfo. — E obrigado por compartilhar sua história.

— Apenas mantenha uma coisa em mente, Alan. A morte é o começo. Isso aqui é o inverno. A primavera é o que vem a seguir. — Ela suspirou.

— É melhor eu voltar ao trabalho. Ser dona de uma pousada é como ter uma grande família. Alguém sempre precisa de alguma coisa.

Com isso, ela se afastou. Terminei de tomar meu café e voltei para o quarto. Peguei meu mapa e olhei, depois recolhi minhas coisas e desci outra vez. A senhora Hammersmith estava limpando minha mesa.

— Está indo? — perguntou ela.

— De volta à estrada. Poderia me dizer a que distância estamos de Spokane?

— Estamos perto. Uns sessenta quilômetros, mais ou menos.

— Ela sorriu. — Espero que tenha gostado de sua estada.

— Muito mesmo. Obrigado novamente por tudo, me deu muito o que pensar.

— De nada — disse ela, afetuosa. — Ah, só um minuto. — Ela foi até a cozinha e voltou trazendo um bolinho embrulhado num guardanapo. — Para a estrada. Venha nos visitar novamente.

— Talvez eu faça isso mesmo. — Saí grato pela minha estada.

Conforme saí de Davenport, fiquei pensando se realmente conseguiria chegar a Spokane até o cair da noite. O trajeto mais longo que eu havia feito num dia fora cerca de cinquenta quilômetros e fiquei bem exausto. Ainda assim, me senti bem por estar ansioso para chegar ao meu primeiro destino. Decidi apenas ver o que o dia me reservava.

Sem suprimentos de comida, eu estava carregando menos coisas na mochila e fiz um bom tempo. Parei para almoçar no Dean's Drive-in. Eles também tinham milkshakes mundialmente famosos, embora limitassem essa alegação ao sabor de mirtilo. Entrei no condado de Spokane às duas da tarde e três horas depois cheguei à ponta oeste da Base da Força Aérea Fairchild. A base estava situada num terreno imenso e era uma cidade em si. Fiquei imaginando por que eles não queimavam os círculos na plantação em sua propriedade.

Às oito horas parei para jantar no restaurante e bar Hong Kong, na cidade de Airway Heights. Eu ainda não tinha me decidido totalmente quanto a forçar minha ida até Spokane, mas estava me sentindo bem, então, depois de comer uma refeição de camarão *kung pao*, simplesmente continuei andando.

Eu me sentia otimista quanto à possibilidade de chegar a Spokane por volta de onze horas, quando meu corpo se revoltou e bati contra uma parede física invisível, talvez a mesma sobre a qual os maratonistas falam. Subitamente, eu estava exausto demais para seguir adiante.

Eu me forcei a continuar, até que vi um hotel à distância. Entrei praticamente mancando no Hilton Garden Inn, ao lado do Restaurante Rusty Moose. Surpreendentemente, o hotel não tinha vaga. O homem atrás do balcão casualmente sugeriu que eu simplesmente dirigisse mais alguns quilômetros até Spokane.

Pensei em descansar minhas pernas no lobby aquecido do hotel, mas decidi que não, temendo que, se parasse para descansar minhas pernas pudessem travar — outra decisão da qual sempre me arrependerei. Agradeci ao atendente e voltei à rodovia, prometendo a mim mesmo que tiraria o dia seguinte de folga. Era uma promessa que eu cumpriria, porém por nenhuma razão que eu tivesse pensado.

CAPÍTULO
Trinta e quatro

Parece que a regra áurea mudou para "faça aos outros o que puder para pegar seu ouro".

✧ Diário de Alan Christoffersen ✧

A temperatura tinha caído e estava abaixo de 10 °C e minhas pernas estavam pesadas, como se tivessem pesos amarrados a elas. Eu tinha andado mais de 56 quilômetros e estava praticamente dormindo em pé.

Passava de meia-noite quando os faróis de um carro reluziram atrás de mim. Conforme o carro se aproximou, eu pude ouvi-lo desacelerar. Achei que talvez estivesse parando para pedir informação, ou, se Deus permitisse, me oferecer uma carona, então me virei.

O carro era um modelo mais antigo, um Impala quatro portas, amarelo, com uma faixa preta de corrida pintada. Pude ouvir a música, antes que ele me alcançasse, a batida forte de rap. O carro encostou ao meu lado e diminuiu ao meu passo. Um garoto horrível, com a pele toda marcada, se inclinou para fora da janela.

— E aí, o que tá rolando?

Notei que o carro estava cheio de garotos. — Nada — eu disse. — Só estou andando.

— O que você tem aí?

— Nada. — Continuei andando, torcendo para que os caras perdessem o interesse em mim. Outro carro passou. O garoto disse algo ao motorista e os pneus do carro cantaram, conforme o carro rabeou a minha frente. As portas foram escancaradas e cinco jovens desceram. Infelizmente, o garoto da janela era o menor deles. Um dos caras era um monstro, pelo menos quinze centímetros maior que eu. Ele estava de braços cruzados, tinha tatuagens e cicatrizes em ambos os braços.

A gangue me cercou.

— O que você tem nas costas? — o garoto horrível perguntou.

— Não tenho nada que você queira.

— Me dá.

— Você não vai querer fazer isso — eu disse.

Ele fez uma cara feia. — Você não me diz o que eu quero, cara.

— A gente vai te amarrotar — alguém falou atrás de mim.

Olhei rapidamente para eles e mudei de ideia. — Podem ficar com a mochila — eu disse.

— Vamos levar depois que terminarmos — disse uma nova voz.

— Estamos procurando uns vagabundos para atropelar — disse o garoto horrível. — E aqui está você.

— Isso não é legal — eu disse. — Por que vocês não entram de volta no carro...

O garoto horrível disse ao monstro: — Ele está falando de novo. Você devia fazer ele se calar.

O círculo se fechou.

Eu tirei a mochila. — Ora, vamos, por que vocês...

Não terminei de falar. O primeiro golpe pegou atrás da minha cabeça. Não foi um soco. Era algo de madeira, como um taco. Eu vi um lampejo de luz, mas, de alguma forma, consegui ficar de pé. Segurei minha cabeça, dois deles vieram para cima de mim, o garoto horrível e o outro.

Girei violentamente para o garoto horrível e acertei um soco com força suficiente para derrubá-lo. Um de seus amigos riu dele e o ouvi gritar uma obscenidade conforme ele se levantou. Ele se voltou a mim.

Os minutos seguintes pareceram passar em câmera lenta, como um pesadelo, em que você quer correr, mas não consegue se mexer. Fui lançado ao chão, depois golpeado e chutado por todos os lados. Estava de braços erguidos, tentando proteger meu rosco, enquanto o monstro continuava a pisar na minha cabeça com botas que pareciam pesar cinquenta quilos.

Subitamente, o ataque parou. Eu rolei para o lado, tossindo. O sangue pingava do meu rosto. O garoto horrível tinha uma faca.

— Quer morrer, babaca?

Olhei para ele, minha visão estava embaçada. Ali estava minha chance. Esse assassino poderia terminar com o que eu não estava disposto a fazer. Vida ou morte. De alguma forma, realmente senti que era minha escolha.

— Não — eu disse.

— Mas a escolha não é sua — ele respondeu.

Nesse momento, uma bota aterrissou diretamente no meu rosto, me apagando.

CAPÍTULO
Trinta e cinco

Kierkegaard escreveu que "nós entendemos nossas vidas de trás para a frente, mas temos de vivê-la de frente". Claro que ele estava certo, mas, em retrospectiva, vendo as marteladas que golpeiam e modelam nossas almas, nós entendemos mais de nossas vidas e até de nós mesmos — começamos a compreender o escultor.

✧ Diário de Alan Christoffersen ✧

Eu descreveria o que experimentei em seguida como uma experiência fora do corpo, exceto por haver dor demais. Dor excruciante.

Alguém estava ajoelhado ao meu lado. Ao meu redor, ouvia vozes, vozes diferentes daquelas dos meus agressores. Pessoas mais velhas. Mais limpas. Elas se movimentavam à minha volta, falando sobre mim, acima de mim, nenhuma delas falava comigo — como se eu não estivesse ali. De certa forma, acredito que isso era verdade.

Eu não conseguia falar. Nem conseguia gemer para mostrar que os ouvia. Meus olhos estavam fechados, ou quase fechados, e eu não conseguia realmente ver as pessoas, apenas borrões de cores em movimento, em contraste à luz ocasional dos carros que passavam e uma luz da rua, acesa acima de mim, embora talvez fosse a lua. As luzes ainda doíam em meus olhos. Também havia lampejos de luzes vermelhas e azuis.

Comecei a diferenciar as vozes. Ouvi uma voz zangada, mais velha, gritar: — Fique no chão! — Imaginei que essa ordem não fosse para mim.

Então alguém tocou meu corpo e a dor me tomou por inteiro. Um borrão escuro disse algo que não entendi. Depois, surgiram dois borrões mais claros e a figura escura desapareceu. A pressão na minha lateral aumentou. Eu podia sentir algo molhado escorrendo pela minha barriga.

Alguém puxou minha camisa para cima. O tecido estava grudado do lado e pude sentir algo sendo puxado da minha pele, como uma bandagem.

Meu lado esquerdo, abaixo das costelas, latejava de dor. O lado direito da minha cabeça também. Meu cabelo estava molhado. *Por que meu cabelo estava molhado?*

Alguém pegou meu pulso; um dedo me apertava, sentindo minha pulsação. Uma faixa foi colocada ao redor do meu braço.

Ouvi o barulho de estática de um rádio.

O diálogo estava mais próximo, mais claro. — O pulso está estável. A pressão sanguínea está baixa. Ele perdeu muito sangue. Para adiantar, ligue para o Sacred Hcart.

— É melhor ligar para o parente mais próximo. Alguma identificação?

— Olhou todos os bolsos?

Senti uma mão descendo pela minha perna direita. Depois pela esquerda.

— Aqui tem alguma coisa.

Eu fui erguido do chão e senti uma máscara plástica sendo colocada sobre meu nariz e boca. Nesse momento, algo me veio à mente, da minha antiga vida. Meu lado de cara da propaganda. Do escuro ao breu total.

CAPÍTULO
Trinta e seis

A morte não é o fim.

Diário de Alan Christoffersen

No começo deste livro, escrevi que havia coisas que me aconteceram que você talvez não acreditasse. Este é um dos momentos sobre os quais eu estava escrevendo. Portanto, fique à vontade para pular esta parte. Ou não. Apenas não diga que não avisei.

Até hoje não posso dizer, com certeza, o que aconteceu naquele momento. Vou simplesmente escrever da forma como percebi e deixar que você tire suas conclusões — o que estou certo de que irá fazer, de qualquer forma. É raro o ser humano que passe mais tempo em busca da verdade do que protegendo as crenças que já possui.

Em algum lugar escuro e cinzento do crepúsculo, entre a consciência e o sono, McKale veio até mim. Pode chamar de sonho, ou delírio, se isso o faz sentir segurança, mas ela estava lá. Eu a vi. Eu a ouvi. Eu a senti.

O Bardo escreveu: "Há mais coisas entre o céu e a terra... do que sonha nossa vã filosofia..." — Isso é especialmente verdadeiro hoje, em nossa época de descrença. Francamente, não me importa se você não acreditar que isso realmente aconteceu, contanto que acredite que eu acredito.

De alguma forma, McKale estava ajoelhada ao meu lado. Não no chão. Nós não estávamos no chão. Eu não sei onde estávamos. Algum lugar macio e branco. Ela estava absurdamente linda, sua pele estava limpa e translúcida, como se reluzisse com sua própria luz. Perfeita. Ela sorriu para mim, radiante de alegria. Quando ela falou, sua voz foi terna, como o tilintar do cristal.
— Olá, meu amor.

— McKale. — Eu tentei me sentar, mas não conseguia me mexer. — Eles me mataram? — Eu me senti esperançoso ao perguntar isso.

— Não.

Eu a olhava. — Você é real?

Ela sorriu. — É claro.

— Isso é um sonho?

Ela não respondeu.

— Onde você esteve?

— Perto. Muito perto. A morte é como estar na sala ao lado.

— Vamos ficar juntos novamente?

Ela sorriu e eu soube a resposta antes que ela falasse. Mas não veio dela. Foi como se, de alguma forma, eu tivesse me lembrado.

— É claro. Mas não agora. Você ainda não terminou. Ainda há pessoas que precisam de você. E pessoas das quais você precisa.

— Eu só precisava de você.

Suas palavras foram amáveis, porém firmes. — Isso nunca foi verdade. Você foi feito para mais pessoas do que apenas para mim.

— Que pessoas? Quem virá?

— Muitas. Angel.

— Angel? Um anjo? — Eu perguntei. — O que você quer dizer?

Ela se inclinou e me beijou e foi a coisa mais doce que já senti. — Não se preocupe, meu amor. Seu caminho está buscando você. Ele irá encontrá-lo.

Então ela se foi.

CAPÍTULO

Trinta e sete

Não sei o que existe além do horizonte, só sei
que a estrada em que eu caminho foi
destinada a mim. É o bastante.

Diário de Alan Christoffersen

Acordei numa cama macia, envolvido em lençóis limpos e brancos. Um tubo plástico circulava minhas orelhas e soprava oxigênio em meu nariz. Havia barras metálicas nas laterais da maca. Algo estava me contraindo. Estiquei o braço. Havia ataduras em meu abdômen.

Subitamente, notei que havia uma mulher sentada ao meu lado. Virei para olhá-la. Minha visão estava ligeiramente embaçada e havia uma janela atras dela, fazendo parecer que ela estava reluzindo. Eu não sabia quem era, embora algo nela me parecesse familiar. Nem sabia onde eu estava.

— Bem-vindo de volta — disse ela baixinho.

Por um momento eu apenas a olhei. Minha boca estava seca e minha língua grudou na boca, conforme eu tentei falar. — Onde estou?

— No Hospital Sacred Heart, em Spokane.

— Quem é você?

— Sou a mulher que você parou para ajudar, perto de Waterville.

Eu não entendi. — Waterville?

— Lembra-se? Você consertou meu pneu.

Eu lembrei. Parecia ter sido há tanto tempo. — Eu deveria ter aceitado sua carona.

Ela deu um sorriso torto. — Acho que sim.

Sua presença ali não fazia sentido para mim. No momento, nada fazia sentido para mim. — Por que você está aqui?

— A polícia me ligou. Eles encontraram o cartão que lhe dei. Disseram que era o único número telefônico que encontraram com você. — Ela estendeu a mão e tocou o meu braço. — Como se sente?

— Tudo dói. — Como se em consequência das minhas palavras houvesse um súbito choque de dor que me tirou o fôlego. Eu gemi.

— Cuidado — disse ela.

— O que aconteceu comigo?

— Uma gangue o atacou. Eles te bateram um bocado.

— Achei que fossem me matar.

— Talvez matassem, se não fosse por dois homens que passaram de carro. Eles estavam voltando de uma caçada e tinham armas. Provavelmente salvaram sua vida.

Eu fechei os olhos.

— Estou com os telefones dos homens caso você queira agradecê-los.
— Eles levaram a minha mochila?

— Um policial me disse que estão com suas coisas.

Alguns minutos depois, uma médica entrou. Era jovem e parecia um pouco com Monnie, minha ex-vizinha, embora seus cabelos fossem ruivos e curtos. Ela inspecionou meu soro, depois me olhou. — Como está se sentindo?

— Ainda não estou morto.

Ela sorriu. — Eu estava torcendo por isso. Sou a doutora Tripp. Foi por pouco. Você perdeu muito sangue.

— Há quanto tempo estou aqui?

— Você chegou por volta de uma da manhã e... — ela olhou o relógio.

Minha cabeça estava enevoada. — Duas da manhã?

— Da tarde — disse ela.

— O que aconteceu com a minha barriga?

— Você foi esfaqueado. Precisou de uma transfusão de sangue.

— Quantas vezes fui esfaqueado?

— Você tem dois ferimentos grandes na barriga e um na lateral. Por sorte, eles não acertaram seu fígado, ou estaria num estado bem pior. Você também teve uma concussão.

— Por isso que minha cabeça dói — eu disse. — O grandão ficou pisoteando minha cabeça.

— Eles o maltrataram bastante. Você realmente precisa achar outro grupo de amigos.

— Vou me lembrar disso.

— A polícia gostaria de falar com você quando estiver disposto. Eles estão no fim do corredor.

— Estão aqui?

— Um dos homens que o atacou tomou um tiro. Ele está na UTI. — Ela acrescentou: — Não se preocupe, ele não vai a lugar algum. Só para a cadeia. — Ela se virou para a mulher ao meu lado. — É a esposa dele?

— Sou uma amiga.

Eu exalei o ar lentamente. — Por quanto tempo ficarei aqui? — perguntei.

— Um tempo. Ao menos alguns dias. Talvez uma semana.

— Preciso voltar à caminhada.

Ela franziu a sobrancelha. — Lamento, mas vai precisar deixar seus planos por um tempo. Você não está em condições de caminhar. Sua próxima parada será sua casa.

Eu não respondi.

— Onde é sua casa?— perguntou a mulher.

— Não tenho casa — eu disse. Eu me senti estranho dizendo isso em voz alta.

— Ele pode ir para a minha casa — disse a mulher.

A médica assentiu. — Está bem, lidaremos com isso quando chegar a hora. Voltarei em algumas horas para checá-lo. Ela tocou meu ombro. Estou contente de ver que você está indo tão bem. — Ela saiu do quarto.

Eu me virei para a mulher. — Você nem me conhece.

— Eu sei que você é o tipo de cara que para na estrada para ajudar um estranho. Além disso, não me conhecia quando veio em meu socorro. Só estou retribuindo o favor.

— Como sabe que não sou um *serial killer*?

— Se fosse, não teria recusado a carona que lhe ofereci.

Ela tinha razão. — Provavelmente não— eu disse. Recostei e respirei fundo. Esse não era o desvio que eu tinha planejado. É claro que isso resumia bem a minha vida. — Nem sei o seu nome — eu disse.

— Desculpe. — Ela estendeu a mão e tocou meu braço. — É Annie. Mas todos me chamam de Angel.

EPÍLOGO

Quando eu era menino, minha professora da segunda série leu uma história folclórica brasileira chamada *A vaquinha*.

Um mestre da sabedoria estava caminhando pela área rural com seu aprendiz quando eles chegaram a uma choupana, num pedacinho de terra minguada.

— Está vendo essa pobre família — disse o mestre. — Vá até lá e veja se eles podem dividir sua comida conosco.

— Mas nós temos de sobra — disse o aprendiz.

— Faça como eu digo.

O aprendiz obediente foi até a casa. O bom lavrador e a esposa, cercados por sete filhos, vieram à porta. Suas roupas estavam sujas e esfarrapadas.

— Olá — disse o aprendiz. — Meu mestre e eu estamos de passagem e queremos comida. Eu vim ver se vocês têm um pouco para dividir conosco.

O roceiro disse: — Temos pouquinho, mas podemos dividir o que temos. — Ele se afastou, depois voltou com um pedacinho de queijo e uma crosta de pão. — Lamento, mas não temos muito.

O aprendiz, não queria pegar a comida deles, mas fez como lhe havia sido instruído. — Obrigado, seu sacrifício é maravilhoso.

— A vida é difícil — disse o lavrador —, mas nós vamos levando. E, apesar de nossa pobreza, temos uma grande bênção.

— E que bênção é essa? — perguntou o aprendiz.

— Temos uma vaquinha. Ela nos dá leite e queijo, que nós comemos ou vendemos no mercado. Não é muito, mas o suficiente para vivermos.

O aprendiz voltou ao mestre com as rações mirradas e relatou o que descobrira sobre a situação do lavrador. O mestre da sabedoria disse:

— Fico contente em saber de sua generosidade, mas estou profundamente triste pela circunstância. Antes de deixarmos esse lugar, tenho mais uma tarefa para você.

— Fale, mestre.

— Volte la na choupana e traga a vaca deles.

O aprendiz não sabia o motivo, mas sabia que seu mestre era piedoso e sábio, então fez como lhe foi dito. Quando voltou com a vaca, ele disse ao mestre:

— Fiz como ordenado. Agora, o que vai fazer com essa vaca?

— Está vendo aquele penhasco? Leve a vaca ao ponto mais alto e empurre-a.

O aprendiz ficou estarrecido.

— Mas mestre...

— Faça como eu digo.

O aprendiz lamentoso obedeceu. Quando ele tinha completado sua tarefa, o mestre e seu aprendiz seguiram caminho.

✦

Ao longo dos anos seguintes, o aprendiz cresceu em piedade e sabedoria. Mas toda vez que ele pensava na visita à pobre família sentia uma pontada de culpa. Um dia ele decidiu voltar a casa do lavrador e se desculpar pelo que havia feito. Mas quando chegou ao sítio a pequena choupana se fora. Em seu lugar havia uma casa enorme e cercada.

— Oh, não — ele gritou. — A pobre família que estava ali fora levada a sair por meu malfeito. — Determinado a saber o que havia acontecido com a família, ele foi até a casa e bateu em sua imensa porta. A porta foi aberta por um empregado. — Eu gostaria de falar com o dono da casa disse ele.

— Pois não — disse o empregado. Em seguida, o aprendiz foi saudado por um homem sorridente e bem-vestido.

— Como posso servi-lo? — disse o homem abastado.

— Perdoe-me, senhor, mas poderia me dizer o que aconteceu com a família que morava aqui nessas terras e não mora mais?

— Não sei do que está falando — respondeu o homem. — Minha família mora nessas terras há três gerações.

O aprendiz olhou-o intrigado. — Há muitos anos eu passei por esse vale, onde encontrei um lavrador e seus sete filhos. Mas eles eram muito pobres e moravam numa pequena choupana.

— Ah — disse o homem sorrindo —, essa era minha família. Mas meus filhos agora estão grandes e têm suas próprias casas.

O aprendiz estava perplexo. — Mas vocês não são mais pobres. O que aconteceu?

— Deus age de formas misteriosas — disse o homem, sorrindo. — Nós tínhamos uma vaquinha, que nos provia com o mínimo de nossas necessidades, o suficiente para sobrevivermos. Nós sofríamos, mas não esperávamos mais nada da vida. Um dia nossa vaquinha saiu andando e caiu do penhasco. Nós sabíamos que ficaríamos arruinados sem ela, então fizemos tudo que pudemos para sobreviver. Somente assim descobrimos que tínhamos muito mais força e habilidades do que poderíamos imaginar, mas nunca teríamos descoberto enquanto contávamos com aquela vaca. Foi uma grande bênção de Deus termos perdido nossa vaquinha.

Isso foi o que eu aprendi. Nós podemos passar nossos dias lamentando nossas perdas, ou podemos crescer com elas. No fim das contas, a escolha é nossa. Podemos ser vítimas das circunstâncias ou donos de nosso próprio destino, mas, não se engane, não podemos ser ambos.

Estamos todos numa caminhada. Talvez, não literalmente, como eu, mas, ainda assim, uma caminhada. Não sei o que está à minha frente, mas tenho 5.500 mil quilômetros para descobrir. Há pessoas que ainda vou conhecer, que estão esperando que meu caminho cruze com o delas, para que elas possam completar suas jornadas. Não sei quem são, nem onde estão, mas sei, com certeza, que estão esperando.

Você não me conhece. Não sou famoso, nem importante. Mas, assim como você, eu cheguei aqui com um bilhete de ida e volta. Algum dia eu voltarei ao lugar de onde eu vim. No meu lar, onde McKale me espera.

Quando esse dia chegar, eu vou olhá-la nos olhos e dizer que mantive a promessa: que escolhi viver. Ela irá sorrir e dizer: Não posso acreditar que você atravessou o continente, seu maluco tolo.

Imagino que será assim. Eu posso estar errado, mas acho que não. Às vezes, nos recôncavos dos meus sonhos, ela sussurra para mim dizendo que está esperando. E, nesses momentos, eu sei que ela está perto. Conforme ela me disse: "A morte é como estar na sala ao lado".

Talvez seja apenas um pensamento desejoso. Talvez seja amor. Ou talvez seja algo melhor. Talvez seja esperança.

ALTA NOVEL

CONHEÇA OUTROS LIVROS DO SELO

Fatídico

Romance

Destino

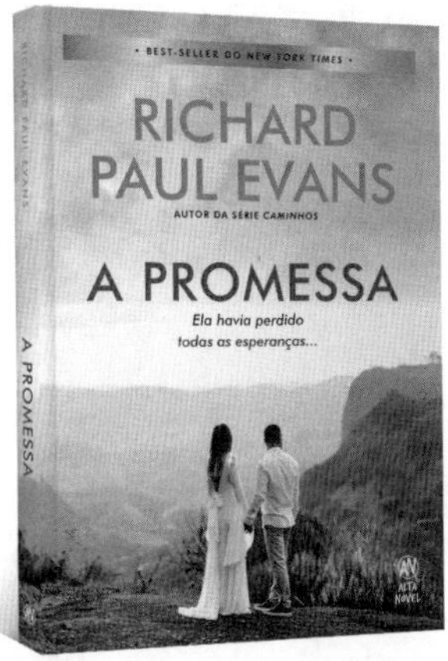

O AMOR É CAPAZ DE MUDAR TODAS AS NOSSAS PERSPECTIVAS.

Para **Beth**, 1989 foi marcado por tragédia. Com sua vida estava desmoronando, ela perde a capacidade de confiar, ter esperança ou acreditar em si mesma. No dia do Natal, enquanto corria em meio a nevasca até a loja de conveniência mais próxima, Beth encontra **Matthew**, um homem surpreendentemente bonito e misterioso que, sozinho, mudaria o rumo de sua vida. Quem é ele e como sabe tanto sobre ela? Completamente apaixonada por Matthew, Beth descobre seu segredo, mudando o mundo que conhece, assim como seu próprio destino.

Todas as imagens são meramente ilustrativas.

A SEGUNDA JORNADA DA SÉRIE CAMINHOS TRAZ AINDA MAIS LIÇÕES DE ESPERANÇA

Alan Christoffersen, um bem-sucedido executivo de publicidade, acorda uma manhã e encontra-se ferido, sozinho e preso a uma cama de hospital.

Ele já havia passado por situações extremas quando decidiu atravessar o estado de Washington, nos Estados Unidos. Em busca de respostas, essa longa caminhada poderia ser um recomeço para a sua vida. Mas, quando se encontra imobilizado, ele percebe o quanto a vida ainda tem a lhe mostrar e ensinar.

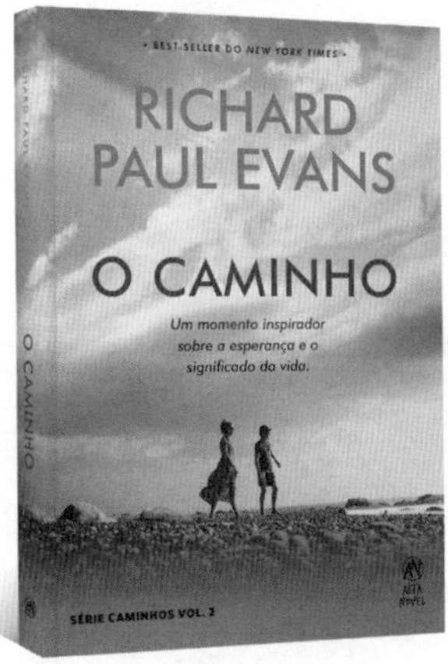

Esperança

Ensinamentos

Destino

/altanoveleditora

/altanovel

Este livro foi impresso nas oficinas gráficas da Editora Vozes Ltda.,
Rua Frei Luís, 100 – Petrópolis, RJ.